君比閱讀廊
成長路上系列⑥

我們的演藝夢

君比 著

山邊出版社有限公司

前言

君比曾說過：「好的兒童文學作品應該是一盞明燈，為孩子照亮前路。作家本着良心去創作，想着用心去寫有意義的題材，為有需要的兒童發聲，讓人們知道他們的所思所想，所面對的困惑。」正是基於這樣的使命感，君比切切實實地走近少年兒童身邊，關注他們身上發生的事情，聆聽他們的傾訴，了解他們的心聲，排解他們的困擾。

十多年來，君比走訪了多間協助少年兒童解困的機構，如荷蘭宿舍、聖馬可宿舍、協青社、小童羣益會等，也走訪了一些傳統名校和普通學校，實地採訪他們的故事。這些受訪者中，既有「問題兒童／少年」，也有品學兼優的「乖學生」，他們都曾面對成長路上的困惑。

二十一世紀是一個社會經濟高度發展、科技資訊日新月異的年代，生活的五光十色，物質的富裕，繁忙的生活節奏引致人與人之間的疏離等等，這一切都令這一代少年兒童的心智比以往的同齡人早熟，也面對着更多的誘惑和挑戰。同樣的，也帶給他們成長路上更大的困惑。

君比的作品，正是全面展示了這一代少年兒童的成長足跡。她筆下的人物形象，有援交少女，有濫藥少年，有千禧港孩，有資優生，有孝心女兒……她以發生於現實生活的真實故事，再輔以文學創作的手法，向讀者展示了當今少年兒童雜複，甚至或許不被成人完全了解的真實一面。

例如援交少女，普遍被認為是貪慕虛榮，但有誰想到，有的援交少女只是想減輕單親母親的生活重擔？有誰想到，人人以負面態度視之的港孩，他們並不是真的想嬌慣地享受家人的照顧？有誰想到，被同學羨慕、老師讚賞的資優生，也會有被同學排擠的煩惱……

君比筆下的故事甚多觸及敏感的題材，如家庭暴力、未婚懷孕等，當中不少故事令人讀着忍不住淚下。有人擔心這樣的作品是否適合成長中的少年兒童看呢？會不會給小讀者帶來壞的學習榜樣呢？令人欣慰的是，從讀者給君比作品寫的序，以及在臉書（Facebook）上給她的留言中看到，這些作品帶給了小讀者正能量：他們有的從故事主角不幸的遭遇中學懂珍惜自己擁有的幸福；有的從故事主角的身上得到啟迪，找到前進的方向。有的老師和家長則從中看到「叛逆少年兒童」內心的善良，從而去掉對他們的偏見。

君比的作品觸及敏感題材，但不渲染。她描述故事主角的不幸遭遇，但故事的結局都是正面的，他們的身邊總有師長教給他們正確的人生觀和價值觀。君比作品反映的是時下少年兒童的真實心聲，因此引起他們的強烈共鳴，被視為他們成長路上的心靈導師。

《成長路上系列》希望這些以真實生活事件為故事藍本的勵志感人故事，給廣大的少年兒童讀者帶來勇於面對成長路上各種挑戰的正能量，令他們以積極樂觀的態度面對生活中的各種困難，並學會自重、自愛、自強，學會感恩、珍惜。

目錄
contents

前言 2

序一／廖海瑩 6

序二／梁立彥 8

我們的演藝夢 10

天才童星 VS 天才童星 68

我要衝上雲霄 110

做一條飛龍 153

後記／君比 164
書中故事主角的感言／楊凱博 168
書中故事主角父親的感言／小菀子爸爸 170

序一

我很感謝君比讓我為她的新書寫序。

〈我們的演藝夢〉講述小菀子和宋朝陽兩個有熒幕經驗的小學生當初是怎樣入行當小明星。故事後來講述他們上錯了綁匪的車，被一起綁走了。最後，憑着他們的機智逃離了綁匪，並找到機會報警。這次的事件之後，他們的友誼更進一步，並且更珍惜和爸媽一起的時間。

〈天才童星VS天才童星〉裏的周彤對江瑤瑤的童星生涯很好奇，在多番的請求下，江瑤瑤讓周彤親身體驗自己的童星生活。這個故事讓我們看到童星不像表面那樣風光，背後的辛酸不是那麼容易可以想像得到的。

〈我要衝上雲霄〉裏患有讀寫障礙的天廷，在五歲時便立下當飛機師的志願。他在他媽媽的支持下去到澳洲升學，十六歲時已考獲幾個飛行執照，並在十七歲時被當地大學取錄，主修飛行，努力向他的夢想進發。

〈做一條飛龍〉這個故事以一個小丑作為主角帶出職業無分貴賤，條條大路通羅馬，只要努力，任何職業也能創出一片天。

〈我要衝上雲霄〉和〈做一條飛龍〉這兩個故事的主角都在小時候便找到自己的夢想，他們都沒有因別人的看法或遇到困難而放棄自己的夢想。我認為如果能輕易放棄的就不能稱之為夢想，因為夢想能給人堅持下去的勇氣。我希望大家看完這兩個故事後會更加堅持自己的夢想。

最後，感謝君比給我們創作了那麼多的故事，她每個故事都帶出不同的訊息，讓我們不知不覺的成長。希望君比能繼續寫出更多意義非凡的故事。

瑪利諾修院學校(中學部)
中二級學生
廖海瑩

序 二

認識君比老師已有兩年多了，當時我參加了她在學校舉辦的寫作班。君比老師很有耐性，常不厭其煩地回答我們的提問，在課堂上講述她創作故事的靈感來源，每一個故事都是那麼的新奇、有趣，令我好不期待她的新作品呢！

當收到《成長路上系列6．我們的演藝夢》這本書後，我一口氣把它看完，尤其喜愛當中的小童星小模特的故事，故事中的小菀子和宋朝陽，他們放棄了當學校歌舞劇的主角，選擇參與電視節目「細路做大事」，繼而發生一連串驚險的事情，節奏緊湊，君比老師把男女主角的性格立體地呈現出來，場景、情節描寫細緻，令我彷似置身現場一樣，下次可以將我也加入故事當中嗎？

君比老師，期待你繼續為我們創作《成長路上系列》7、8、9、10……

九龍華仁書院
中一級學生
梁立彥

我們的演藝夢

一　小菀子篇——小粉絲巧遇熒幕偶像

「甘老師正和校長開會，你在這兒稍等一下，她開完會便會來見你們！」秘書黃小姐把我帶至新建成的舞蹈室。

「見我們？裏面還有另一個同學嗎？」我問。

「是的！」黃小姐退了出去。

舞蹈室的門關上了。

偌大的舞蹈室，就只有我和他。

「Hello！」

角落站着的一個人，向着我走過來。

竟然是他？我是否在做夢呢？

「你也是在等甘老師嗎？」他微微一笑，問我道。

「是啊！你也是嗎，宋朝陽？」

「咦？你認識我？」他問。

「不單止我，全學校都知道你是誰啦！」我興奮地道。

事實上，自我上幼稚園開始，每次媽媽讓我看電視，我總會看見熒幕上幾個小孩子和一些哥哥姐姐，在一個七彩繽紛的地方談話、唱歌或是説故事。因為我只能看那個叫「放學ABC」的節目，所以，在我心目中，這班人便是電視最紅的明星，但這些小明星的面孔每隔一段日子便更換，唯獨是宋朝陽，多年來都能留在節目裏，並成為了我的熒幕偶像。

萬料不到，在我升上四年級的這一年，宋朝陽竟然插班入讀了我的學校，當上了我的學兄！

「在學校，幾乎每個人都看過『放學ABC』這個節目，而看過的人，都對你

放學ABC

有一定的印象！」我說道，臉蛋有些發熱。「你是我的偶像」這句話在唇邊徘徊又徘徊，最後還是硬硬吞回。

「其實，」他徐徐地道。「電視上的宋朝陽是我的孖生哥哥。」

「孖生哥哥？」我靠近他，看看他右臉頰上的一點小如米粒的褐色痣。「我不信！熒幕上的宋朝陽臉頰上也有一顆褐色痣，我看你的節目看了許多年，肯定不會認錯人。你為何不肯承認那是你？」

二　宋朝陽篇——我還可以不承認嗎？

為何我不肯承認熒幕上的宋朝陽就是我呢？

若說出來，大家一定不相信，真實的我，是一個很怕羞的人。

每次在電視或報章、雜誌看見自己，不知怎的，我都會覺得很尷尬，有時，遇上陌生的人問我，我更會不想承認，因為，一旦承認了，我便要回答接踵而來那數以噸計的問題。他們的問題都是千篇一律：你是如何入行的？是否認識什麼娛樂圈的人？你見過什麼大明星……

後來，媽媽知道我在學校常常不承認自己是電視裏的宋朝陽，便提醒我道：「你再不承認的話，人家會覺得你『扮嘢』，對你有負面印象！」

媽媽的話不無道理，我不希望因為這樣而導致自己沒有朋友，於是，面對同班同學，我不再否認自己是宋朝陽。但面對陌生人，我仍然是慣性地否認。

「我百分百肯定自己沒有認錯人。」她非常堅持。

我定睛看着她，覺得她有些面善，遂問道：「你……上星期六是否曾經參加『細路做大事』的試鏡？」

「是啊！你記得我？」她的雀躍程度到了極點。

「我記得當天你好像排在較我前十幾個。」我肯定地道。「你叫什麼名字呢？」

「馬菀婷，多數人叫我小菀子。」她道出了她的全名和別名。「你——現在肯承認自己是宋朝陽了吧？」

「我還可以不承認嗎？」我笑道，盤膝坐到木地板上。

小菀子一骨碌的坐到我身旁，又問：「宋朝陽，我不明白啊！你已經是大明星了，為何仍要參加試鏡？」

「我？大明星？我只是小演員而已，當然要試鏡！」我解釋道：「導演、監製等要知道這個演員是否適合某個節目或某個角色，就是要通過試鏡才知道，而我都不會例外，要面試成功才有機會。其實，上星期我是和朋友去參加『細路做大事』的試鏡。你呢？」

「我是小DJ訓練班的導師介紹去試鏡的，那還是我第一次去電視台試鏡，很是緊張，不知道有否被選中。宋朝陽你可收到電視台的通知呢？」小菀子問道。

「暫時沒有。」我聳聳肩，回道。「若果有，媽媽會第一時間通知我。」

「小菀子，你說你參加過小DJ訓練班，你很有興趣當DJ嗎？」我問。

小菀子搖了搖頭。「我自問不是口齒伶俐的人，完全沒想過要當DJ，但，媽媽說，我表達能力不夠強，就應該多接受訓練。在完成最後一節小DJ訓練班時，導師跟我們說JOY T.V.招募小演員，問我們有否興趣去試鏡，他可以當介紹人。在我正考慮的當兒，媽媽二話不說便跟導師說：『小菀子很有興趣呢！』導師就馬上把我列進名單裏，我想制止她也來不及了！」

「那即是，你其實並不想參加試鏡？」我問她道。

「我不是不想參加！只是怕自己未準備好。」小菀子為難地道。

「任何人都沒可能準備充足。」我微笑道：「試鏡並非測驗或考試，你不用溫書，不用背誦。導演、監製覺得你合適，就選你了。你不用過分緊張，若落選了，就等待下個機會吧！」

三　小菀子篇——哄騙家長的培訓班

若落選了，就等待下個機會。

對生得一副明星面孔的宋朝陽來說，幕前演出機會可能多於天上繁星，但對於我這個平凡的女孩子來說，機會是千載難逢的。

來自一個小康之家的我，是家中獨女。

不算特別聰明的我，各方面都很平均，學業成績是中等，課外活動也不太突出。我最愛跳K-POP，但個人賽則從未取過什麼獎項。

只是，從小到大，我都給人讚賞為「小美人」、「萌爆」、「未來香港小姐」。讚賞次數積累到了一個驚人的數字了，媽媽開始想：我是否該為女兒及早鋪排前路呢？

在我四歲左右⋯⋯

一天，我在客廳玩耍時，聽到爸媽在門虛掩的房間中對話，當中不停提到我。

好奇心驅使下，我走到門後細聽，才知道原來媽媽安排了我逢星期六上一個小模特兒訓練課程。

「九千五百元上十堂，即是一小時的課堂盛惠九百五十元。幾歲大的人，要上這麼貴的堂？演技訓練和catwalk培訓，真的適合小菀子？你女兒這麼怕羞——」爸爸很是猶疑。

「這正是她的弱點，她要勇敢面對！」媽媽堅持。

「我們多帶她外出，多見親戚朋友，去不同的公園玩，接觸不同地區的小朋友，這些應該都是有效的方法，可助小菀子克服怕羞這弱點。那培訓班收費這麼昂貴，我怕只是哄騙家長而已！」

「不！那負責人在網頁裏上載了許多相片，都是現在最紅的幾個小小廣告模特兒。那負責人曾在廣告公司工作多年，人面很廣，在她的學院上課，便有機會拍廣告。若以小菀子的外型和那些小模特兒比較，完全不輸蝕。我深信我們的女兒甚有做模特兒的潛質。」媽媽對我和那公司負責人都信心十足。

「咦？現在你説話的語氣變了個準星媽，不是純粹想女兒練膽量了！」爸爸笑道。

「其實我已經替小菀子報名，這星期六便是第一課。但我星期六要開會，你下班後馬上替我帶她去這個地址吧！」

訓。

就這樣，每個星期六中午，我都被送到這所「學院」，接受catwalk和演技培訓。

十節課過後，我們的導師Chok Chok姐姐跟媽媽說：「小菀子的表現近乎完美，加上天生美人胚子，必定有很多工作湧至！我建議小菀子讓我們的攝影師為她拍一輯專業相片，把她最可愛動人的一面呈現出來，好讓多點客戶能看到她的優點，選用她。既然小菀子已完成我們的星級培訓課程，我就給你們九折的專業攝影優惠吧！我們平日收八千元一輯，今次收你七千二便可以了。由我們最專業的團隊為她化妝、set頭、揀衣服，設計幾個不同的造型，保證有令人意想不到的效果！」

結果，媽媽又乖乖的奉上七千二百元，讓我拍了一輯相片。

還是第一次在影樓拍攝專業相片，我當然興奮莫名。相片到手了，我們看了又看，我只覺相片中的我比實際的我大了兩、三年。那個經過「加工」的我，活像一個我從未見過的親家姐。

真心覺得這一輯相片會為我帶來一些拍攝廣告的機會，可是，我們等了又等，等了又等，三個月過去了，竟連一個試鏡的機會都沒有。

媽媽致電向學院查詢，負責人說，曾有些廣告商在看相片時很喜歡我，但最後還是選擇了一混血模特兒拍廣告。負責人着我們再耐心等候，他們期望很快便會有好消息捎給我們。

我們蠻有耐性的又等候了個多月，一天，卻收到Auntie Lulu的來電。她的一對孖女也跟我一樣，報讀了學院的十節課程。

「Chok Chok小演員小model訓練學院的電話，已整整一個星期沒有人接聽，我上去三次，每次都沒有人在，Chok Chok姐姐的手機號碼亦已經取消，我……很擔心學院已經悄悄『執笠』！上月，我才給Chok Chok姐姐說服，給晴晴和倩倩每人拍了一輯專業相，錢已付足，但相片仍未有！我在學院前後已花了三萬多元，可是，姊妹倆連半個試鏡的機會也沒有！她們倆一直都乖巧聽話，但好運卻從沒降臨，而我則被這『鬼學院』騙財騙時間騙心血……」

媽媽按了手機揚聲掣，我在一旁邊做功課邊聽Auntie Lulu訴苦至飲泣，嚇得握筆的手也停住了。

媽媽馬上關掉揚聲掣，拿起手機走到廚房。

Auntie Lulu用不着哭吧？我們只是上學院的興趣班而已，它『執笠』了，我們大可以去其他地方上課，有什麼問題呢？

那時，對錢的概念不大清晰的我，並不知道，媽媽為我花了一大筆錢在這所「學院」裏，希望為我換取拍廣告的機會，現在，學院沒有了，花費的一切都化為烏有。而Auntie Lulu也是受害人，她為一對孖女所花費的，是我的一倍有多呢！同樣是小康之家，同樣是雙職母親，同樣是辛苦工作賺取金錢花在孩子身上，可是大家都選擇了錯誤的機構，托付了錯誤的人。

媽媽說會和Auntie Lulu往消費者委員會作出投訴，甚至報警求助，但，人去樓空，付出了的錢，有可能取回嗎？

四　宋朝陽篇——可會接受這挑戰呢？

「宋朝陽哥哥，你在『放學ABC』表現很自然，你是否上過演技訓練班？」大家聊着聊着，小菀子忽然問我。

「沒有，我從未上過。」我坦白回道。「大部分在『放學ABC』或其他劇集演出的童星，都是莉莉ee演藝學校的學生，但我並不是呢！」

「那你是如何入行的？」小菀子問。

「在我約莫五歲時，我開始在一私人畫班學油畫，一天來了一班人，說希望選幾個孩子來拍一個銀行廣告，竟選中了我。媽媽獲通知後也贊成我拍這廣告，我就在非常輕鬆的情況下完成了。同年，我參加了一個功夫班，功夫老師入電視台客串當武術指導，認識了『放學ABC』的導演，機緣巧合下介紹了我到電視台試鏡，這樣，我便加入了電視台的兒童組。」

「『放學ABC』會遷就我們上學的時間，通常在星期六、日才拍攝，所以我一直可以兼顧到。每一集都有不同的內容，雖然台辭頗多，但因為節目的大哥哥大姐姐都對我很好，會一邊跟我玩，一邊陪我背台辭，我每次都是在沒有壓力下完成錄影的。」

「宋朝陽哥哥，你拍了這麼多年電視節目，是否賺了很多錢？」小菀子突然拋出這個問題。

提到這個話題，我不禁笑起來。

我一直不知道，原來我這些年來做兒童節目小主持和參與拍攝劇集，是有酬勞的！

一次拍攝完畢，離開片廠時，迎面而來一個相識的演員Eddie跟我打招呼道：「朝陽，收工啦？」

坐上了車，我才問媽媽：「收工？為何Eddie會問我是否收工了，我只是做小主持，並非返工啊！」

「或許他說慣了吧！」媽媽笑道。

到我重遇Eddie時，我認真地問他：「為什麼你上次問我是否收工？我不是返工，我根本沒有人工！」

Eddie抿嘴笑笑，道：「朝陽，其實你跟我們一樣，是有人工的，只是你媽媽把你的人工全收起吧！」

那天，我「收工」時，媽媽來接我。我正經八百的問她：「你老老實實告訴我，我來電視台拍節目，是否有人工的？」

「是！你有的！」媽媽點了點頭，嘴裏明顯地忍着一朵笑。

「你替我把人工儲起了？」我再問。

「當然啦！」

「我這些年來究竟儲了多少人工？」我好奇再問。

「一百萬未開頭。」媽媽隨意地回道。

我信以為真。一次，「放學ABC」的人在閒聊時打趣問我：「你到現在儲了多少錢？」

「一百萬！」我清清楚楚地回道。

在我的理解：一百萬未開頭就即是一百萬。

「你說的是日本幣抑或印尼幣一百萬呢？」他們這樣問我。我去過日本，知道日本幣幣值比港幣為低，他們這樣問，意思該是我沒有可能有一百萬這麼多吧？

再問媽媽，她只跟我道：「你信任媽媽的吧？總之，我已替你把錢儲起，到你完成學業，我便會把錢交回你手上。現在暫時不用知道這筆錢的數目。」

於是，我很坦白地回覆小菀子道：「我還是小孩子，所以，我拍戲賺了多少錢，只有我媽媽才知道，也幸好有她替我管錢，也有她陪伴我入片場拍戲，若有事情我自己未能處理，她都可以馬上幫忙。」

「我媽媽也有陪伴我去拍攝的！」小菀子微微一笑，道。

「咦？你也有拍戲經驗？」我問她。

「不是拍戲，也不是像你當『放學ABC』的小主持。」小菀子搖搖頭，道：

「媽媽後來找到另一間老實的廣告公司，沒有任何收費，人家介紹了幾個廣告給我，不過全都只是拍硬照，介紹玩耍的好地方或是食肆。我曾去過一個電視廣告的試鏡，但因為太緊張，表現生硬，結果沒有被選用。現在的廣告公司並沒有演技訓練班，一切都要靠我自己，但不知怎的，每次要我做表情，我都面容僵硬綳緊，沒法做得來。」

這時，我們等待已久的甘老師終於踏進舞蹈室了。

「不好意思，要你們久候了！」她笑笑道。

坐在地上的我倆旋即站了起來，跟她請安。

「宋朝陽你是插班生，未必知道今年是我們學校四十周年紀念。為慶祝這特別有紀念意義的日子，我們計劃在校慶日上演一齣歌舞劇，我便是負責此劇的老師。我和音樂老師商量過，大家都認為宋朝陽和馬菀婷，你倆無論是外型、歌唱技巧都很適合當這齣歌舞劇的男女主角，加上你們有跳舞底子，又有演出的經驗——」

「甘老師，我想更正！有演出經驗的是宋朝陽，不是我！我只會擺姿勢拍硬照，你們應該是在雜誌或一些刊物見過我的相片，可是，我並沒有拍戲或做歌舞劇的經驗啊！」小菀子急急更正。

「沒關係！音樂老師說，你的唱歌考試分數在班裏是數一數二的，她年年都想你加入合唱團，不過你還是選擇入舞蹈組。」甘老師笑着道：「我們揀選了你們，一定有充分原因。你們可會接受這挑戰呢？」

「甘老師，謝謝你對我們的欣賞。我們可否先看看劇本，並和家人商量一下再回覆你呢？」我問道。

「當然可以！」

五　小菀子篇——榮登封面女郎

媽媽一回到家，我已急不及待的拉着她，分享我的「超喜悅」。

「你猜猜我今天和誰第一次傾談吧！」我瞇着眼道，期待她猜十次也猜不中，可她猜一次便猜中了。

「你今天終於和宋朝陽傾談過了，對嗎？」媽媽笑問。

「你怎有可能知道呢？」我拉着她的手，拚命地搖。

「你開學第一天已告訴我，你在操場發現了宋朝陽。他跟你不同班，也不同級，但你遠遠見到你的偶像，已興奮莫名，所以我猜，你今天一定是有機會和宋朝陽傾談了。」

「媽媽你真聰明！」我續道：「原來，宋朝陽也參加了『細路做大事』的試鏡，當天我排在他前十幾號，他居然對我有印象呢！」

「小菀子，其實，我也有事情要告訴你！」媽媽蹲下來，和我視線平排，眼裏都是笑。「剛才我收到『細路做大事』的監製來電，說你試鏡成功，他們決定揀選你，並約我明天去替你簽約！」

我雀躍得尖叫起來，這實在是我前所未有過的快樂，但快樂得來又有點戰戰兢兢。

興奮過後，稍靜下來，我禁不住問媽媽道：「你認為我可以勝任嗎？我是否真的適合拍攝這節目？」

「小菀子，」媽媽兩手捧着我的臉蛋，道：「你要對自己有信心才是！人家選擇你，當然是因為你適合。有機會就要把握，嘗試了之後才會知道自己是否真正適合這工作。」

我點了點頭，道：「明白了！」然後，我拿出了甘老師給我的劇本，遞給她。

「媽媽，今天給我機會的不止『細路做大事』的監製，還有負責校慶歌舞劇的老師！她們給我這份劇本，想我認真考慮一下，會否擔任這劇的女主角！」

「原來今天你有接踵而來的機會！太好了！」媽媽擁着我，笑道。

「幸運之神今天一次又一次來探望我！」我道。

「不只是因為幸運，老師應該是根據你平日的表現來決定由誰來擔任男女主角。」媽媽翻一翻那歌舞劇的劇本，道：「第一幕女主角便有歌舞場面，這挑戰頗大啊！小菀子，你需要參加遴選嗎？」

「要呢！負責這劇的甘老師選了我和宋朝陽當此劇的男女主角，而負責編排舞蹈的體育老師則選了另一對男女同學，我們會在下星期參加試演，老師希望我們做第一幕其中一個片段……」

「嘩！你今天第一次和宋朝陽交談，遲一些還會和他一起試演，太好啦！媽媽很欣賞你有勇氣接受一個又一個的挑戰！媽媽會陪你一起練習，作好準備的！」

「謝謝媽媽！」小菀子上前擁着媽媽，親了又親。

「還有一個驚喜要送給你！今期的《周六親子遊》雜誌，用了你的其中一張『靚靚』相片做封面！你榮登了『封面女郎』呢！」

小菀子拿着雜誌，笑逐顏開。

她怎也想不到，她的一位傾慕者，看到雜誌後比她自己還高興，還做了一些令她「驚奇」的事。

六　宋朝陽篇——不會要我後悔的決定

「歌舞劇劇本寫得不錯呢！若果你當男主角，會有許多發揮。你的戲份很多，幾乎每一幕都有你，除了唸對白，還要排舞和練歌，你應付得來嗎？」媽媽放下劇本，問道。

「應該應付得來。不過，我剛才跟老師說要先跟你商量，明天才回覆她。」我回道。「雖然這齣劇在明年六月尾才上演，但老師說約莫十二月便要開始綵排，還要跟負責音樂及跳舞的老師約時間分別練歌練舞。」

「朝陽，你要知道，如果你答應了老師，擔當這劇的男主角，你要花上許多時間綵排，或許要放棄拍電視或電影一段時期，否則，你難以兼顧，還會影響學業。畢竟，你今年小五，要考呈分試，爸媽都覺得，你該花多點時間在學業。雖然現在替你轉到一條龍的直資學校，但你都要成績達標，才可以升上中學。」

「我明白了，媽咪！」我回道。「拍過這麼多電視節目和劇集，我仍未試過要唱歌跳舞的！你也知道我喜歡向難度挑戰。不過，這麼多年來，我都習慣了生活中總有些日子要去電視台或片場拍劇。如果全推掉的話，我……會否不習慣呢？」

「朝陽，你已長大了，今次，我會讓你自己作決定。不過，之前我替你和電視台簽合約，答應了人家會拍的劇，就一定要履行合約。其中一齣，已經出了通告，這星期六、日都要預全日拍攝，預計你的戲份，拍三天左右便完成。還有，今天才收到『細路做大事』的監製來電，說你已入選，明天我便會去簽約。因為有二十集之多，除了星期六、日會有通告，平日也有機會要拍攝，甚至會出埠拍呢！」

「出埠?!」我兩眼圓瞪，驚訝地問：「我們會往哪兒去呢？」

「他們仍未確定，但我相信多半是東南亞，肯定不會是歐美等國家。」媽媽回道。「他們會遷就你們，待學校放長假才會去。你知道我一向不贊成你請假去拍戲。」

「我知道的！學業永遠都比拍戲重要。若果要向學校請假拍戲，學校未必會批准，就算請假成功，難免令老師覺得我為拍戲而放棄上課學習。」

「幸好你仍緊記我的話！不枉媽媽多年來伴着你出入電視台和片場！」媽媽又補充道：「不過，『細路做大事』的拍攝工作下月便開始。監製說，今次會有不少外景，家長該不能陪同拍攝，不過，被選中出埠的孩子，可以由一位家長陪同，機票食宿費用全免！」

對我這個十一歲的孩子來說，因為「工作關係」可以和家長去一次免費旅行，確是個千載難逢的機會。

思前想後一整晚，我終於作了一個決定。希望這是個不會要我後悔的決定。

七　小菀子篇——牛什是誰？

「小菀子，恭喜你成為了《周六親子遊》的covergirl！」

我剛踏入校門沒多久，我的朋友Jennifer便拿着一本以我做封面的《周六親子遊》，走上前來跟我道。

「咦？你一向有看《周六親子遊》雜誌的嗎？」我好奇問道。

「沒有啊！」Jennifer搖搖頭，回道：「今早，是牛什明（劉澤明）把雜誌送給我的。」

「牛什明?!」我心裏驚叫。

「是呀！他買了一大疊雜誌，捧回來向人派發。剛才他是在雨天操場派發的，很多人都取了。他要我們向你索取簽名，說這樣你一定很開心！」Jennifer笑容燦爛，語帶雙關地道：「他對你真好啊！」

「你不要亂說話，否則我會惱了你！」我嚴肅地道。「他現在在哪？」

「先才他在雨天操場，但雜誌很快便派清光，我不知道他現在往哪兒去了。」Jennifer頓了一頓，湊近我，輕聲問道：「兩年前的情人節，在視藝堂寫情信傳給你的，是否就是他？」

是呢！那年我們還是小二生，碰巧視藝老師請假，代課老師完全不理會我們，只顧自己玩手機，於是，大家便乘機「作反」，過位談話，甚至偷吃零食、打機……

坐在離我三行的劉澤明（大家都叫他牛什明）也趁機跑到我隔壁的空位，一個屁股坐下來。

「你坐在這兒幹什麼？還不快回去自己的座位？」我厲聲問他。一向遵從爸媽教導，要守家規校規的我，當然不會因「冇王管」而放肆。

「我有些很重要的東西，一定要親手交給你。」劉澤明說着，把一張摺得很小很小，可以藏在掌心的字條交到我手上。

「是什麼呢？」我已準備馬上打開。

「喂，等一等！」他手一伸，制止了我。「在我走開之後，你才打開來看，可以嗎？」

我拿着字條，只覺百般不對勁。想過交還他，但心裏又好奇他究竟寫了些什麼給我，結果，我還是在抽屜裏悄悄把字條打開。

親愛的小菀子：

我愛你！我非常非常愛你！下次上音樂堂，我可否坐在你身邊？我想和你傾談，也想聽清楚你的歌聲！

牛什

我拿着字條，有點不知所措。

一抬頭，驚見校長就在課室門旁。

「你們居然在代課老師監督下仍斗膽過位肆意喧嘩談天，是因為不知道課堂規則，抑或是明知故犯？」校長宏亮的嗓音一響起，一眾二年級小學雞馬上雞飛狗走，以高速返回自己的座位。

「你……」代課老師見校長突然駕到，驚魂未定，顫顫抖抖站了起來。「你們還不快點站起來向校長請安？」

全班站了起來，參差不齊的向校長說早晨。

校長眉頭越皺越緊，她走到課室中央的通道，來回走着，向大家講解守規矩的重要。大家站定，靜靜地聽。校長每次經過我的座位，我都低垂着頭，緊握手中的紙條。我生怕這小小的告白紙條，會神推鬼使被校長發現。

然而，我最懼怕的事情最後也發生了。

「同學可以坐下了！」

校長訓話完畢，便揚一揚手，示意大家坐下。

我習慣穿校服裙坐下時會輕按着裙尾，這樣便不會把裙坐皺。當校長批准大家坐下，我便依習慣伸手輕按裙尾，匆忙中我忘記了自己手握着已捏成一團的字條，手一攤開，一團字條便掉到地上去。

目光銳利的校長，馬上便看到了這團字條。

在我正猶疑要否把字條拾起時，校長已一個箭步上前，彎身拾起了字條。

完了。一切都完了。

校長把字條打開，兩眼一掃，雙眉一蹙，問道：「你就是小菀子吧？」

我不敢否認。「是的，校長。」

「那麼，誰是牛什？」

我瞪着眼，裝作一臉無知的搖搖頭，回道：「對不起，校長。我不知道。」

「那麼，是誰把字條傳給你的？」她又問。

「這個我也不清楚，我去了一趟洗手間，回來後便發現字條在我桌面。」

「有沒有人知道，誰的花名叫牛什？」校長環視全班，沒有人回應。

「這字條就交給我吧！上課不能傳字條，也不能喧嘩。我會跟你們班主任談談如何加強你們班的紀律性……」

校長到底有否查出劉澤明就是牛什，我不知道。不過，那次之後，劉澤明沒有再給我字條，也沒有再主動跟我傾談。小三後，我們去了不同的班，我已差點忘了這個人。

料不到他對我至今依然「未忘情」，還買我做封面的雜誌去送人。

究竟他喜歡我些什麼呢？

實在太有緣了，去洗手間時竟在男廁門前碰見他。

「劉澤明，你是否買了我做封面的雜誌來『派街坊』？」我攔在他面前，問道。

「是呀！」他直認不諱。「我覺得那攝影師拍得你很美啊！初時我只是買了一本，後來，我想同學都會有興趣看，便用零用錢買了十二本。今早一回來，在操場一站，轉眼間便派完了，證明你很受歡迎！」

「你送消閒雜誌，同學當然要，跟我受歡迎與否，完全無關。問題是，我爸媽也不會特意買有我相片的雜誌去送給人家啊！你這樣做，為了什麼？」我大着膽子問他。

「我……沒有什麼特別目的！」劉澤明道。

「沒有什麼特別目的的話，請你不要再做了。我還有替另外兩本雜誌拍攝相片，遲些兒陸續刊登。請你他日在報攤見到，不要再買這麼多回來派送。這樣，會令人誤會！我最不希望令人誤會！」我認真地說了這番話。

「既然你不喜歡，那我以後就不會再做。」他垂下眼，輕聲地道，像個犯了錯的小孩，尋求家長的原諒。

「那就好了。」我轉身正想離去之際，他卻飛快的繞到我的前面。

「小菀子，我們仍然是朋友，是嗎？」他怯怯的問我。

朋友？自從「情信事件」發生之後，我和他幾乎沒有說過話，這樣也算是朋友的話，全世界的人都算是我的朋友了。

「我只希望我們繼續做朋友，可不可以呢？」他的語氣由懇求演變成哀求了。

「可以的。」我為求盡快脫身，便敷衍他道。

「那就好了！」劉澤明長長吁了一口氣。「下午我吃完午飯，便會帶一本雜誌到你課室，請你簽名。一會兒見吧！」

*　　*　　*

「嘩！小莞子，你今天吃得超快啊！又趕着去見甘老師？」坐在我旁邊的Jennifer驚問。

「是的。加上，劉澤明說他一會兒會攜雜誌來找我簽名，我更加要迴避他！待會兒，若果他向你問起，你就說我去了見老師！」

八　宋朝陽篇——女同學送贈的大禮物

「宋朝陽，剛過的長周末，我和家人去了澳門旅行。買了手信給你，希望你喜歡！」

廖一倩把一大盒以鮮豔包裝紙包好的禮物雙手遞給我。

「你送手信給我？為什麼呢？」我跟廖一倩只是同班同學而已，又不是要好的朋友。

「我……就是想送給你囉！」廖一倩雙頰緋紅，咬咬牙，道：「其實我每天下課後便趕回家看『放學ABC』，我真心覺得你是眾多小主持裏表現最好的，我最喜歡就是看你做訪問、做趣劇。你……就當我是你的小粉絲，收下這份小小的手信吧！」

小小的手信？這份手信比我的頭還要大，嚴格來說，該是一份大大的手信。

「這份手信太大份了，是巨型裝蛋卷嗎？你還是把它分送給全班同學吧！」我還是婉拒了。

「其實，這不是蛋卷這麼普通的禮物，而是——是我特別為你選購的。」廖一倩靦腆地回道。

特別為我選購？我明白她的意思了。

我也靦腆起來，低頭問道：「你買了什麼給我呢？」

「是個新款記憶頸枕。」廖一倩微微抬起頭，回道。

「頸枕？為什麼要送我頸枕？」我不明所以。

廖一倩略一猶疑，才道：「我最近看過你的一個訪問，知道了你最近參與了一齣內地武俠劇集，經常要搭飛機往返內地，所以，我送你這個頸枕，倘若你在飛機上睡覺，也可以睡得舒適，睡醒後一定不會頸梗膊痛。希望……希望你可以把它收下！」

「嘩！這是什麼呢？廖一倩，為什麼你要送那樣大份的禮物給宋朝陽？今天又不是他的生日！」有同學看見了，衝上前來問道。

「啊——」有人鬼鬼地笑起來。「沒有原因地送禮，那麼，廖一倩你一定是喜歡上宋朝陽了！」

給人猜中心事了，廖一倩以手掩臉，飛也似的跑出課室。

我也不知如何面對這局面，拋下一句：「我要去找老師！」便匆匆離開了。

坦白說，要數班上最清秀的女孩子，非廖一倩莫屬。她喜歡我，該是妙事。可惜，現階段的我，對女孩子沒有太大興趣，更莫說跟她們交往了。

這類事情，還是等我長大了才去想吧。現在我要想的事，多的是。

「宋朝陽，你終於來了！我們齊人啦！」甘老師和其他有份參與歌舞劇的老師都在，還有小菀子。

「怎樣呢？宋朝陽，馬菀婷，你們考慮清楚沒有？」甘老師問道。

我點了點頭，並以眼神向小菀子示意，由她先說。

「我很感激老師們給我當劇中女主角的機會，不過，在我看過劇本，並和媽媽商量過後，我想選擇當莎莎公主的僕人——梅莉亞。」小菀子回道。

「梅莉亞？那只是個配角，小菀子你真的想扮演梅莉亞，而非莎莎公主？」甘老師再問。

「是的。雖然梅莉亞只是配角，但她是個非常重要的角色，若果沒有了她，莎莎公主沒法知道她自己有強大的超能力，也沒可能拯救國家！」小菀子頓了一頓，回道：「我選擇梅莉亞這角色的另一原因，是因為媽媽昨天告訴我，我參加『細路做大事』這個電視節目的試鏡成功了，我會參與這二十集節目的拍攝。我怕倘若我答應了當女主角莎莎公主，我未必能夠兼顧拍攝的工作。」

「小菀子，原來你也會參加『細路做大事』的拍攝？我也入選了呢！」還是第一趟在學校遇到將會一起拍戲的同學，我感到無比興奮。

「甘老師，坦白說，我的決定和小菀子一樣。我希望可以選擇當劇裏的管家基司度，而放棄當男主角斑納王子。權衡過後，我也是怕未能付出足夠時間去排練主角的戲，反而，管家基司度在近結局時戲份才較重，而我從未試過飾演中年人的角色，這對我來說都是個極大的挑戰。甘老師，你可否讓我演繹管家基司度這角色呢？」

九　小菀子篇——上錯車

一個星期五的黃昏，是拍攝天……

六時多，天色已暗。

「由餐廳跑至街尾的一場戲，我們來多一個take吧！這該是最後一個了。」「細路做大事」導演占占跟宋朝陽和我道。「朝陽，你拖着小菀子，由餐廳跑出來，今次我想你們再跑快一點，直跑到轉角位便可以停下來。我知道你們都累了，剛才那一take，其實已不錯，但多拍一take，我可以多一個選擇。」

「沒問題！」我和宋朝陽爽快地回道。

媽媽說過，一定要聽從導演的說話。宋朝陽也教過我導演的指令，怎也要遵從。要表情自然就盡量自然，要表情誇張就盡量誇張，咬字要清晰，那就可以減少NG次數，若做到「零NG」就最好了。

拍戲經驗近乎零的我，未能做到「零NG」。走錯位，說對白聲線不夠響亮，表情僵硬，都曾經是我「吃NG」的原因。當然，累積了經驗，與導演相處久了，明白他對我們的要求，NG次數便大減。

初時，媽媽怕我不適應拍攝，遂與爸爸輪流請假到場陪伴我。後期多了拍外景，外景車未有足夠空位提供予家長，我便請爸媽勿再請假陪伴我。始終有一天，我要學懂照顧自己。

導演一聲「Action！」，宋朝陽便拉着我從餐廳跑出。

我們依從導演指示跑到街尾轉角位，攝影師跟在我倆身後，邊跑邊拍攝。

當我們聽到導演宏亮的一聲「Cut」，我們馬上停下腳步。

「希望這一take，導演會『收貨』！」攝影師跟我們道，然後掉頭回去。

「希望啦！」我的緊張情緒一下子鬆下來了。在我正要往回走時，我的小腿外側傳來一陣痛楚。

我低下頭，驚見血靜靜從我的小腿流下，白短襪也沾上了。

「哎！你受傷了！一定是剛才拉着你跑的時候，累你撞到些什麼，弄傷了！真對不起！我們回去告訴導演吧。你……走路還行？若果走不動，我可以背你！」細心的宋朝陽提議道。

「我可以自己走。謝謝你！」我回道，並從衣袋裏取出紙巾，抹掉鮮紅的血。

碰巧今天爸媽都去了台灣，赴朋友的婚宴，否則，我可以請媽媽馬上來接我離開。

「你的傷口仍在流血，不如我趕快跑回去告知導演——」宋朝陽道。

我微抬起頭，看見前面相距五米之處停泊了我們攝製隊的其中一部銀灰色van。

「原來電視台的車子就在前面，你先陪我上車，可以嗎？我的手機就在車子上。」我請求道。

「好！當然可以！」宋朝陽攙扶着我，走到車門前，「嚓」的把車門打開。

天色已黑齊，車廂裏沒有亮燈，漆黑一片的。我走上車子，才發現這並不是電視台的車子。

「宋朝陽，我們上錯車了！」我連忙跟他道。

「是呢！我也察覺到了。我們下車吧！」他回道。

就在這時，車門突然打開了，一個穿着一身黑衣，戴着口罩的女人抱着一個沉睡的小女孩上車，另一個沒有戴口罩的男人則抱着一個也在沉睡中的小男孩上車。

他們一看見我和宋朝陽，都大吃一驚。

「怎會有其他小孩上車了？」口罩女人急問道。

「我怎知道呢？我跟你一起上車的！」男人怒氣沖沖的回道。

「你還不快點趕他們下車？」女人厲聲喝令，並把抱着的女孩放在車尾的座位。

「趕他們下車?他們看到我的樣子,會認得我啊!」男人遲疑道。

「是你自己不戴口罩或蒙面,是你的問題!」女人斥責道。

「不是你男朋友突然扭傷腳,臨時要退出,我這司機也不用和你一同去——」他忽然省起了什麼,住口了,把男孩放在女孩身邊。

「你倆發呆似的站着做什麼?還不快滾下車?」女人衝着我們喝道。

「不!他倆看過我的樣子,認得我,不能隨便就讓他們下車!」

聽到男人的說話,我心底升起一股強烈的恐懼感,大大蓋過了我小腿上的傷痛。

我倆只是不小心上錯了車,現在竟然被禁止下車?!這一男一女成年人究竟在進行什麼非法勾當?那男人怕我們會認得他的樣子,難道——

「不讓他們下車?那麼,你想怎樣?」女人問。

男人把前座的乘客椅背向前一推,他順勢靠近司機位,按了旁邊一個掣。

「霍」的一聲，所有車門都上鎖了。我慌張起來，望向宋朝陽。他撲向車門，企圖開門，但不遂。

口罩女人伸手要拉朝陽，我隨手拿起車裏的一個紙巾盒向她飛擲，她一手擋過了，並從躺着的女孩臉旁拿過一塊白布，向我衝過來。

在電光火石的一刹那，我省起了媽媽曾跟我說有關迷暈黨的新聞。我知道這女人快要以落了迷魂藥的布來弄暈我。比她矮一大截的我，沒可能抵抗她，但幸好我在最後清醒的三秒內想出唯一自救的方法，就是在她把白布掩在我的臉上之前的三秒，我用盡力深呼吸一下，然後閉氣，希望把吸入的迷暈藥減至最低，期望可以儘快清醒過來！

十　口罩女人篇——計劃之外的事

阿強和我計劃的綁架其實是天衣無縫的。

我要綁架前上司莫佩芝的孫仔孫女，一來為錢，二來為報復她早前辭退我。

我擔任其私人秘書八年來，為公司盡心盡力，但一直未獲重視，多年來連一次升職機會都沒有，而加薪亦只有在親自提出後才獲加三個百分比，但換來的是重一倍的工作量和大得我難以承受的壓力，還經常要兼職當她一對孫子的保姆，因為她僱用的外傭也難以忍受其苛刻而紛紛辭工，而她的女兒女婿則被她派到國內的新店為她作開荒牛。

四個月前，因為在我看管下，她七歲的孫仔溜冰時跌倒以致右手腕骨折，她竟遷怒於我，藉辭我處理文件不妥當而把我解僱，還給我一封寫得我一文不值的離職信，令我接近一百封求職信都石沉大海。

我的男朋友阿強說，既然莫佩芝對我不仁，我便對她不義吧。

綁架莫佩芝的孫仔孫女，也是阿強的提議。我第一個反應是強烈反對，始終，我從沒有做過犯法的事，突然要我綁架孩子，我當然不敢。阿強卻不同，他曾經因恐嚇及入屋爆竊而入獄，但我並不介意這些，甘願和他永遠在一起。

他認為莫佩芝是個壞得不能再壞的上司，她太對不起我了。綁架她的孫仔孫女，算是給她一個教訓。

因為綁架最好有人幫忙駕駛車輛，因此阿強找了一個在獄中認識的朋友余忠合作，由他負責把肉參送去囚禁處，事成後會分一份小的給他。

阿強認為以往我曾當莫佩芝孫仔孫女的兼職保姆，熟知他們在什麼學校上課和每日的行程，對綁架有實際的幫助。

只要我拿多點勇氣和決斷力，和他一起進行綁架，事情成功後便可以拿着一千四百萬馬上離開香港，到外地生活。我沒有案底，就算莫佩芝報警，警方應該不會查到我，也沒可能聯想到是我做的。

和阿強商量了兩個星期，我們便決定行事。星期二，莫佩芝的一對龍鳳胎孫仔孫女下課後便到一所教育中心去上西班牙文班，中心有後樓梯，方便我們躲藏並趁機會把他們帶走。我們要用多少迷魂藥便可以把他們弄暈，阿強也計算過。

這樣細緻的計劃，本應由我和他負責綁架部分，結果因為他今天早上嚴重扭傷了腳，迫不得已才臨時改為由我把一對孩子誘騙到後樓梯，分別迷暈，再由他的朋友余忠和我一起去帶走這對孩子。

我對余忠不認識也不太信任，但我還可以怎樣呢？找另一個可以合作的人也趕不及了。

綁架的過程算是頗為順利，但在上車後卻有意料之外的事情發生。我也不知道為何在我倆離開車子時，竟有一對陌生的小孩走上車來。

本來把他倆趕下車便可以，但膽小怕事又多顧忌的余忠，卻說因為他沒有戴口罩，怕陌生的小孩會識破我們正進行綁架，又認得他的樣子，堅持不讓他們下車。我眼見車外好像有人已發現我們有異樣，情急之下只好把兩名陌生的小孩也迷暈，然後着余忠開車逃去。

十一　宋朝陽篇——黑暗中我只看到她明亮的雙眼

我在朦朧中醒來了，車子的顛簸令我有些作悶作嘔的感覺。

我定一定神，記起失去知覺前發生的事了。

我環顧四周，才知道自己躺在車廂地上。身旁的椅子上躺着兩個陌生的孩子，大概六七歲，依然昏睡着。前排就坐着一男一女，兩個頗為高大的成年人。女的是那個用迷魂藥弄暈我和小菀子的人。我們以為這是電視台的車，誤上來了，結果給綁匪強行帶走。

我現在需要的是無比的鎮定，否則我會危害自己，也會連累了車上其他孩子。

我以手踭支撐住，靜靜坐起來，嘗試看看車窗外的環境。天色已晚，外面的環境看來非常陌生，我完全不知道自己身在何方。身上又沒有手提電話，沒法聯絡任何人，我該怎辦呢？

我一低頭便念起爸爸媽媽，越念越傷心，我會否永遠不能再見他們呢？

想着想着，我便憶起我十一歲生日那天，媽媽跟我說的一番話。「朝陽，你十一歲了，大個仔啦！媽媽工作越來越忙，現在你往片場拍戲，我未必可以次次陪同。媽媽不在的時候，你遇到困難，便要嘗試自行尋求解決方法。當你懂得獨立思考，解決問題，就證明你真的長大了！」

我一個小孩子，沒法對抗兩個牛高馬大的大人，但我總要想辦法自救和救回車上的孩子們。

我抬頭再定睛望出車窗，終於給我看到一個路牌。

白比利街。

我默默記着街道名稱。

車子忽然駛進一條隧道，在離開隧道後，前座的女人便拿出手提電話，開始一段對話。聽內容，我相信是和綁架案另一主謀通話。

「我們大概幾分鐘便會回到大本營，你到停車場來幫忙抱小孩吧……不！現在有四個小孩……是呀！我也不想綁架兩個，另外送贈兩個！這是我意料之外的，他們自己走上車來，你教我怎辦呀?!你自己什麼也不做，只會『大隻講』！換了是你，在那個情況下，也會把另外兩個孩子帶回……」

電話另一端的男人開始咆哮了。女人跟他吵起來，夾雜着粗言穢語的吵架持續了半分鐘，突然停止，女人伸手大力拍了司機的頭一下。

「是德中街呀！你不轉左，還向前駛，你想往哪兒去?!請你做司機，揸兩轉車，你卻連回程也不懂？」女人又大發脾氣。

「你不也是大隻講？你懂揸車嗎？沒有我，你綁架得成嗎？我只是走錯街口罷了，阻你幾分鐘，用不着聲大夾惡！我忍耐你已忍了很久，遲一些贖金到手，我不佔一半也要取四成，因為我做的事情最多！」男人也怒道。

「你佔多少，我們一早已談好，你現在來反悔？哼！貪得無厭！」

「又或者在另外兩個孩子醒來，問過資料，順便勒索他們的家人也好……」

為免他們看到我，我再次躺下。方躺下沒多久，我便感覺到有人觸及我的肩膊。我向後排座位望過去，見到同樣躺在地上的小菀子，原來她也醒來了。

或許是迷魂藥用完一次又一次，功效大大減弱了，我們才會這麼快便醒來。

我們不敢發聲不敢交談，黑暗中，我只看到她明亮的雙眼。那一刻，我覺得我要肩負起做大哥哥的責任，把她和另外兩個孩子也救離這險境。

十二　小菀子篇——逃走

在我這九年的短短人生，這晚應該是最驚嚇的一晚了。醒來後我發覺自己仍然躺在車上，剛才的並非惡夢，而是事實，我們落入了壞人的手中。

宋朝陽不在後面，前排躺了兩個孩子，那麼他在哪兒呢？

我輕輕碰一碰自己的小腿，剛才弄傷的地方，血已經凝固了。我輕手輕腳的在地上躺下，往前一望，便看到宋朝陽了。

看到他，我的心定了一定。雖然他也只是一個小孩子，但兩個腦袋拼在一起，主意也會多一點，逃走成功的機會也更大。

前座的一男一女綁匪不停在爭吵，車子在他們的爭吵聲中停了下來。我們到了什麼地方呢？綁匪會如何處置我們？恐懼不能解決問題，我有必要冷靜下來。

「你有帶繩子吧？我們要先綑綁他們雙手，才把他們帶進屋內。」女人道。

「我那條繩子不夠長，沒可能綁四個人的手，你還是叫阿強在屋裏找一找，帶出來吧，反正他仍在屋內。」男人道。

「剛才我明明說還有幾分鐘便到，着他出來幫忙抱孩子，但是，他還是寧願待在家裏。唉！」女人抱怨道。

「你快叫他出來吧！還要拿繩子啊！」

前座的一對男女一起下車了，「嘭」的關上車門。

「小菀子，你的腳還痛嗎？」宋朝陽馬上趁機問我。

「不，已經不痛了。」我回他道。

「你可以跑得像剛才那麼快嗎？」他又問。

「可以！」我蠻有信心地道。

「你一會兒小心聽我的指示吧。」

我大概知道他想怎樣了，心裏有些怕，但我信任宋朝陽，他一定可以把我們帶離險境。

後座的門「嚓」的給打開了，男人先上車，彎下身子抱起其中一個孩子，轉身下車了。那個女人不見影蹤，或許她先行進屋裏，稍後才回來。

機會來了。逃走的機會來了。

「小菀子，站起來吧！」宋朝陽輕聲跟我說道。

我馬上從地上爬起來，宋朝陽先從車子跳下，然後把手遞向我。

「來啦！」

我拖着他的手，也跳下車子了。「喂喂！你們往哪兒去？快給我站着！」女人從村屋走出來，厲聲喝道。

我們哪會站定呢？轉頭馬上便拔足狂奔。

這兒全都是兩三層高的村屋，中間是寬闊的行人道。宋朝陽拉着我的手拚命跑，就像剛才拍攝那個鏡頭一樣。

我們轉彎到了村屋的下一條巷，當我們經過幾間村屋時，室內室外都有狗隻向我們吠叫，而其中一戶人的門更打開了，裏面走出一個和我們年紀相若的黑炭頭男孩子！

宋朝陽拉着我，趕緊跑過去。

「你讓我們內進，可以嗎？」

還未等及男孩答覆，我們便拉着他跑進去了。

門方關上，女人便追上來，在屋外狂拍着門。

「開門！你還不快開門，我把你的屋子燒掉！」她在外面狂叫道。

我們看看這個黑炭頭孩子，他由頭到腳都黑漆漆的，我們料想他是非洲人，問他會不會說廣東話或英文，他只是直搖頭，說的是我們完全不明白的語言。屋裏就只有他獨自一人，沒有大人在家，他指着牆上的一幅全家福，大概想告訴我們，他的爸媽和哥哥都不在家。

宋朝陽和我周圍察看，客廳並沒有電話或手機。那麼，房間呢？

「Do you have a mobile phone?」

宋朝陽嘗試使用英文這國際語言跟他溝通，但他還是不明白。

屋外那女人像是發瘋了，腳踢手打木門，我們都很怕她會像狂牛一樣硬衝進來。

我四處察看，見他桌上有一本圖畫簿和鉛筆，情急智生之下跑上前用鉛筆畫了一部手提電話，指着電話以手勢向他查詢有沒有此物。

非洲男孩一看，馬上便明白了，跑進房間去，拿出一部我們正急需要使用的手提電話。宋朝陽拿着電話，手指震顫着撥出三個九。

「999報案中心，有什麼可以幫忙？」

聽到這句「親切」的話，我和宋朝陽都激動得哭了出來。

「我們剛才被綁架！」宋朝陽回道。「但是，我們現在安全了。」

「你們現在是否逃脱了？是否在安全的地方？請告訴我你們的所在地點！」對方即問。

這兒的地址？這也是一個問題。

「我知道我們剛才坐在綁匪的車子時，經過白比利街，然後入了一條隧道，出地面約莫幾分鐘車程，便到了這個村屋林立的地方。綁匪還曾經提過德中街這個街名。」

「Do you know the number of your house?」宋朝陽又問非洲男孩道。

「Number? number? I know that!」非洲男孩點了點頭。

這趟，他好像明白我們的說話了，在圖畫簿上寫上一個數字。

「我們現在在安全的地方，與一個非洲男孩一起，身處的村屋是214號。不過，窮兇極惡的綁匪就在這屋子門外，希望你們儘快派人來拯救我們！」

十三　宋朝陽篇——更重要的事情

「前排第五位記者，你可以發問最後一條問題了。」媽媽揚一揚手，道。

「宋朝陽和宋媽媽，你們好！我是青森日報的記者，你和小菀子妹妹智破綁架集團，讓警方成功救出肉參，你們的勇氣和才智，實在令人驚歎。我想問問宋朝陽，當你們被救回，在警局和爸媽通電話時，第一句話是什麼呢？」

「我記得小菀子和她爸媽說的第一句話是：『我很驚慌，但現在沒事了。』而我跟爸媽通電話第一句便是：『爸媽，剛才有一刻，我還以為以後也見不到你，但我終於安全了。我愛你們！你們快回來吧！我很想擁抱你們！』

「當爸爸媽媽回港後，我們第一次見面，我真的擁着他們哭了很久。我會更加珍惜和爸媽一起的時光。」我回道。

「小菀子今天不能出席這個記者招待會，我們覺得很可惜。希望你代我們向她傳遞關心。」記者道。

「我會的了。謝謝大家！失陪了。」我站起來，向大家微微鞠躬。

我由媽媽陪伴，離開會場。媽媽把電話遞過來，道：「是小菀子找你呢！跟她談談吧！」

「記者招待會完結了嗎？」

「是的，我答了很多問題，也代你答了很多問題。」我笑道。

「謝謝你！我只想有充足的休息，後天還要上課，下個周末又要拍『細路做大事』了。」

「你的腳傷怎樣呢？」

「沒有大礙。謝謝關心！其實我也要衷心感謝你帶我逃離險境，若不是有你，或許我仍被囚禁在綁匪家中，不知如何是好。」小菀子由衷地道。

「其實當天我們是在互相幫忙才是。沒有你陪伴我，我亦未必有膽量逃走。」我回她道。「我要上車了，手提電話要交回給媽媽。」

「好吧。我不阻你了，我們在學校見面再談。再見啦！」

「媽媽，我們現在往哪兒呢？」上車後，我問媽媽。

「當然是回家去。爸爸正在等我們，今晚爸爸親自下廚。爸爸其實是個廚藝非凡的人，不過，他因為太忙，已很久沒有下廚。他說今晚一定要煮幾個好餸，慰勞一下你。」媽媽道。「經歷過今次事件後，爸爸說他會減少到外地公幹，多點時間在家陪伴我們，享受多一點家庭時光。你呢？你會否想減一些拍攝工作，多點留在家休息？」

「讓我考慮一下吧。總之，這個周末，我只想整天留在家，陪伴你們！」

媽媽準備開車之際，有兩名記者走過來敲車門。

「宋太、朝陽，可否讓我們多問幾個問題呢？」

「對不起！記者會已完結。我有更重要的事情要做，就是陪伴爸爸媽媽。再見！」我微笑向記者揮揮手，道。

故事源起

我認識的小女孩苑庭今年剛升上三年班，但已有好幾年擔當雜誌小模特兒和行catwalk的經驗。讀小二那年，她更參與了電視特輯「細路玩大咗」的拍攝。

今年讀小六的男孩凱博（Nono）則在五歲已拍了第一個廣告，六歲便已經開始參與電視「放學ICU」的拍攝，擔當小主持，亦有在電視劇集「城寨英雄」和「天命」中任小演員。他也入選了「細路玩大咗」的試鏡，在節目中有許多集都和苑庭合作。身為節目中的大哥哥，他會很主動的照顧年紀較小的孩子。看過節目後，我遂想到訪問他們，請他們分享擔當小童星和小模特兒的經驗，以撰寫故事。

天才童星VS天才童星

一　是否算是虐兒？

「四、三、二、一，去——」電視台工作人員向她示意。

周彤展着笑臉從後台走到台前，不慌不忙地向百多位觀眾打招呼。

「各位好！我是你們的主持人周彤，歡迎大家來到我的節目——當小童星遇上大明星。今集，我們十分榮幸，請到一位超級巨星當我們的嘉賓。她就是當年有天才童星之稱的江瑤瑤！讓我們以熱烈的掌聲歡迎——瑤瑤姐！」

江瑤瑤在雷動的掌聲下出場，邊走邊向觀眾優雅地揮手。

兩人分別坐到主持和嘉賓的位置上，訪問便正式開始了。

「瑤瑤姐，很歡迎你到來我的節目！」周彤熟練地背出台辭。

「周彤小妹妹，我也很高興可以當你節目的嘉賓。你今年多大呢？」

問她年紀？這不是訪問稿的問題啊。

「我剛滿十一歲。」周彤微笑回道。

「噢！只有十一歲？你的外表和打扮都頗成熟。我還以為你十三歲了！」江瑤瑤詫異地道。

「瑤瑤姐，你不介意我這樣稱呼你吧？」周彤問。

「當然不介意！」江瑤瑤回道。

「好！瑤瑤姐，你在三歲至十一歲這幾年間接拍了差不多三百部電影，可算是世界上最多產的天才童星。我真的衷心佩服——」

「我知道你大約五歲開始當廣告童星，聽聞不少導演都喜歡找你，因為你記性好，人又漂亮。其實，我看過不少你拍的廣告呢！」江瑤瑤打斷了她的話。

唉！江瑤瑤又「自由發揮」了，她是故意要考我的急才嗎？

「謝謝瑤瑤姐你的讚賞！但我相信，在場的觀眾是想知多一點關於你的事。」周彤就發揮她天才童星兼小主持的急才，把訪問焦點扯回嘉賓身上。「根據資料，瑤瑤姐你三歲已拍戲，可以在導演指導下，把既冗長又艱深的戲曲記熟，一氣唱出。我看過那些戲曲曲辭，要我記熟，非常困難。你怎會有這個能力呢？你是否學過一些記憶法？」

「那個年代，哪會有什麼記憶法呢？」江瑤瑤笑道：「我由一個月大到三歲那段日子，家人把我放在一個姨姨的家寄養。那位姨姨閒來無事，便教我背誦唐詩。我未夠三歲，已經能背誦唐詩三百首。相信是日子有功吧？我後來拍戲，導演只要把對白或戲曲向我讀一次，我便能牢記，一開機便把對白準確無誤地說出。」

「明白了。瑤瑤姐，你三歲至十一歲那幾年間拍了接近三百部電影，那是否每天都在拍，長期留在片場？」周彤問。

「對啊！有時一天拍三組不同的戲，由早拍到晚，有時更要拍通宵。」

「一天三組戲，長期待在片場裏，你哪有時間上學呢？」周彤也忍不住問了一條訪問稿以外的問題。

「我由三歲到十六歲都沒有上學。我是個失學的小孩子。」江瑤瑤淡淡地回道，像在說人家的故事般平靜。

周彤怔了一怔。

她當童星和接拍廣告，都是在課餘時間進行，媽媽從不會因為女兒要工作而替她向學校請假。媽媽總是說：「學業為先，課餘時間才拍戲、拍廣告。」而江瑤瑤的父親就剝削女兒上學的權利，要她不停拍戲，是否算是虐兒？

「瑤瑤姐，你有沒有為自己爭取過上學的機會呢？」周彤不理會訪問稿了，直接把心中的問題道出。

「有，在我八、九歲左右，我便開始爭取。」江瑤瑤回道：「我拍戲，常常要背書包扮上學，也曾在戲中唸過這樣的對白：『書中自有黃金屋，書中自有顏如玉。』但為何在現實中，我的兄弟姊妹都可以，我卻不可以？我向爸爸爭取，他口中說，遲一些就會讓我上學，可是。一年推一年，一年推一年，直到我十六歲，爸爸依然替我不停接戲，我漸漸意識到，他根本無意遵守他的承諾。我遂決定採取行動。」

「你採取了什麼行動？」周彤緊接着問道，完全不理會導演在她的耳機不停提醒她要問訪問稿上的問題。

「我——離家出走了。」江瑤瑤徐徐回道。

「離家出走？你有這勇氣離家而去？」周彤驚問。

「其實我心裏恐懼到了頂點！你或其他小朋友千萬不要學我！」江瑤瑤環視觀眾一眼，手指在半空虛點了兩下，道。「我的恐懼和身上有限的錢，教我只能離家出走兩天，便回家去了。不過，在那兩天，我考慮了許多事情，也作了一些重大的決定。我必須堅持，才能達到目的。」

音樂突然奏起，是導演等不及周彤「醒覺」，遂用音樂提醒她，要介紹下一位出場的嘉賓。

即興的訪問被迫中斷了，周彤強笑道：「瑤瑤姐，我們暫時談到這兒吧！因為，你的好朋友廖尚華也來了，讓我們以掌聲歡迎他！」

二　回望鏡中的自己

「今天，我非常感激瑤瑤姐和尚華哥哥來到我的節目接受訪問。希望你們即將上映的電影會成為票房冠軍！」周彤以這兩句話結束了今次的訪問。

返回後台後，周彤已被場務拉着。「導演要馬上見你啊。你跟我來吧！」

「明白了！請你稍等！」

周彤走到江瑤瑤跟前，道：「瑤瑤姐，你要走了嗎？我還有很多問題想問你啊！你可否留下來等我？」

「你想問我問題？剛才的訪問中，你不是即興問了我很多問題嗎？」江瑤瑤反問她。

「其實，以前我並不認識你，是在今次訪問前，導演給我看了訪問稿，我才知道一些你的基本資料。但我很希望了解你多一些，尤其是你小時候當童星的生活，我想跟你好好談一談，可以嗎？」

「周彤小妹妹，我和瑤瑤姐要趕到電台去接受另一個訪問。」廖尚華微彎下身子，跟周彤道：「下次若有機會，你再跟瑤瑤姐詳談吧！」

「你新戲快上映，忙於宣傳，我怕很難再有機會見你！」周彤緊捉着她雙手，依依不捨地道。

「你真的有興趣知道我的童星生涯？」江瑤瑤看進她的眼裏，問道。

「是！我想知道，你可以讓我了解多一點嗎？」

「周彤，導演説要馬上見你！」場務在她身後催促道。

「知道了，昌哥，你等一等！」周彤望也不望他，雙手依然扣緊江瑤瑤。

「我想多了解你的過去，以便替自己作一些決定！瑤瑤姐求求你！」

江瑤瑤輕撫她的一頭長髮，微笑道：「既然你這樣渴望，好！閉上眼睛，蓋上耳朵，作幾下深呼吸，數十秒，才張開眼睛。」

周彤心裏覺得有點奇怪，但還是順從地依照她的指示去做。

「十、九、八……」她一下一下的數着，因蓋着耳朵的關係，她彷如與外界隔絕，只聽見自己清脆的聲音在腦裏迴蕩、迴蕩……

「三、二、一！」周彤徐徐張開眼睛。

咦？我被作弄了嗎？為什麼四周環境，人的打扮衣着好像完全不同了？是在拍新劇集，抑或是江瑤瑤和導演跟我開玩笑，安排我參與一個全新的「整蠱節目」，對嗎？

「你還站在這兒發呆?!快去換上戲服啦！」一個陌生的中年漢睜大眼睛，帶點怒氣的催趕着她。

「換上戲服？我不是剛剛完成訪問節目嗎？怎——」她停住了，渾身打了個顫。那是我的聲音嗎？竟那麼稚嫩，好像是個五、六歲孩子的聲線——是什麼回事？

「完成什麼訪問呀？你在胡說八道！你的四叔在哪兒？你該跟隨着他。他怎搞的？居然任由你到處走？」中年漢一手扯着她的臂膀便走。

「喂——你是誰呀？我根本不認識你，你要帶我往哪兒去——」周彤被他硬扯狂拉，尖叫問他。

「阿生，原來你在這兒！怎麼不好好看管着她呀？好像隻猴子般亂跳亂跑！」中年漢把周彤帶到一個二十來歲的小伙子跟前。

「對不起！我剛才上廁所去，只兩分鐘便不見了她。」小伙子道歉道。

「算啦！你快替她換上戲服，然後帶她去見伍大導。我只給你五分鐘！」

中年漢伸出五隻手指，以警告的口吻說畢，便離開了。

「瑤瑤你快跟我去換衫！」小伙子嚴厲地跟周彤道。

「瑤瑤?!你叫我瑤瑤?!」周彤驚問。

「不叫你瑤瑤，你想我叫你什麼？」小伙子反問她。

周彤掙脫他的手，跑到一面用作道具的鏡子前。

有點破舊的鏡面，照出了一個嚇怕她的影像。

鏡中的她，竟然是一個六歲的女孩，而那對水靈靈的眼睛告訴她，她這個女孩的身分，就是剛剛認識的江瑤瑤！

「還不快過來？我要給你換衫！」小伙子催促道。

周彤還處於極度震撼的狀態，四肢石化了似的，不能動彈，心裏一片驚慌迷亂，仿如一隻迷航的蝴蝶，一不小心闖進了人類的家，要逃離困局，卻苦尋不到出口。

「江瑤瑤，若果你不聽話。我馬上告訴你爸爸！」小伙子語調一轉，出言威嚇了。「你爸爸已替你簽了合同，你怎也要乖乖把戲做好！」

「我有人權的！」周彤發自心底的一句話衝口而出。

小伙子呆了一呆，才道：「你說什麼瘋話呀？」轉頭往旁邊的一個鐵架拿了一套兒童泳衣。「來，我替你換衫！」

一個陌生男人竟說要替她換衣服?! 周彤嚇傻了。

「不！你休想替我換衫！我可以告你非禮的！」周彤雙手緊擁着自己，不斷往後退。

「神經病！我是你阿叔，替你換衫換了三年有多，你怎麼突然說這些話？」

小伙子理直氣壯地道。「你憑什麼説我非禮你？」

原來江瑤瑤自小在片場是由阿叔替她換衫，她的爸爸則負責簽約，給她接拍電影。那麼，她的媽媽呢？

周彤每次拍戲或是廣告，媽媽必定親自接送並陪伴在側。不過，今天因為婆婆病倒了，媽媽送了周彤到電視台，便要趕回家陪伴婆婆到診所去。

就只是今天沒有媽媽在身邊，就發生了這樣的事。

江瑤瑤的媽媽怎麼不到片場陪伴年幼的瑤瑤，連替女兒換衫這工作也交給一名男性親戚負責？

周彤再回望鏡中的「自己」。

現在的她，是六歲的江瑤瑤。要了解她的童年，正正是周彤的請求。如今？她是「得償所願」了，不是嗎？

三　像要斷裂般疼痛

「伍大導，不好意思，要你等候！瑤瑤到了。」

四叔把她帶到伍大導面前。他是個滿頭銀髮、臉上有深刻皺紋，開口說話帶着濃濃煙味的男人。

「今天不用記什麼對白。我們只要你做動作，是拚命游水的動作。」伍大導跟周彤道：「這一幕是說你要潛到海底去找那跌進海裏的金杯，你要一邊做游水動作，一邊四處張望……明白嗎？」

「明白。」周彤回道。

既然當上了小時候的江瑤瑤，就努力做好這個「角色」吧！

「好。首先，我們要把你吊上去！」伍大導肥肥短短的手指朝上方一指。

是「吊威也」。

周彤未試過「吊威也」的滋味，但出入片場數年，當然見過人家「被吊」。

對她這十一歲小孩來說，「吊威也」是好玩刺激的「玩意」，猶如玩水上電單車和笨豬跳。

「沒問題！」周彤爽快地道。

但她並不知道，五十年前的「吊威也」，是多麼「原始」。

當道具員把一條三厘米粗的麻繩綑着她纖小的腰和雙腳時，她才知道，這跟「好玩」二字完全扯不上關係。

「好痛喲！」

當麻繩索緊她腰和腳的一刻，周彤嘩的叫起來。

「不索緊的話，一會兒你摔下來，不摔死也會斷手斷腳！」道具員嚇唬她道。「你自己找死不只是你的事，還會連累我丟掉工作！」

周彤閉上嘴巴，任由道具員以粗糙的麻繩綑綁她。十多名工作人員把繩穿在天花板的吊環，然後合力把她往上扯。

原來，被吊上半空，並非如她想像般好玩。

緊索着她的麻繩，把她的身體緊索得像要斷裂般疼痛，而且，只靠兩條繩索吊起整個人，並不穩固，以致她在空中不停搖晃。

四叔豎起一枝長長的竹杆，遞給周彤。

她扶着它，勉強穩住身體。

「開機時，你就不能扶竹杆。記着要拚命游，並四處張望！」伍大導在下面高聲跟周彤道。

「哎！導演，不好意思，機裏的片快沒有了，要換片。」攝影師低着頭，一臉歉疚的道。

「沒有片?!你怎不預早更換呀?唉——算了！不如先『放飯』，一點半才繼續拍。」伍大導咕嚕了一輪，站起來高聲道。「提早放飯——」

「喂，瑤瑤，我也先去吃飯了。」四叔放下竹杆，轉身離去了。

吓?大家去吃飯?那麼，我呢?我也餓了，可以吃飯嗎?

但，當周彤往下望，只見人們都四散了，有的已拿着飯盒坐在一角開懷大嚼，沒有人理會被吊在半空的她，當然也沒有人在意她是否跟大家一樣，會疲倦，會餓。

四　片酬是一支可樂？

「沒問題了！可以放江瑤瑤下來。」

伍大導終於願意「還她自由」了。

周彤在半空被懸吊了足足三句鐘，被放下來時，雙腳無力，腰肢痠痛，連走路的力氣也沒有了。

「你……可否……抱我去洗手間？」周彤彎着腰抱着肚子，跟面前這個親戚——四叔道。

剛才，「幾歲大」的她還堅決地要自行換戲服，不讓四叔碰她。現在呢，她竟自動要求人家抱她。

好不容易上了洗手間，四叔把她帶回去她休息的地方——一張以鐵枝和堅硬帆布製成的牀。

從未見過這樣的東西，周彤滿眼懷疑的指着它問：「這是什麼？」

「帆布牀囉！是你專用的，你要去哪個片場，這張牀便搬到哪個片場。你已用了兩年啦，你失憶了嗎？」四叔反問她。

周彤按按那塊硬如木桌的帆布，想了想，還是坐下去。

「吃飯啦！」四叔把一盒已全冷的飯盒放在她大腿上。是呢，現在已是四時了。或許餓了太久，已食慾全無。

「還有這個！」四叔把一枝可樂塞給她。

「咦？可樂不是膠瓶裝或罐裝嗎？」

周彤從未見過玻璃樽裝的可樂，很是驚訝。

「什麼膠瓶裝罐裝呀？一直都是玻璃樽裝的！你拍完一部戲，你爸爸就叫我給你買一枝，獎勵你的。

「昨天你拍完那部《聰明女智擒大賊》，今天就有一枝可樂啦！昨天，黃文燕打你的時候，假戲真做，打得你面也紅了，你爸爸說明天給你多買一枝可樂

『補償』一下。」

原來，江瑤瑤所得的「片酬」，就是一枝可樂。那麼，真金白銀的片酬呢？周彤的媽媽一直為她儲起所有拍戲和廣告的酬勞，替她購買教育基金和作穩健的投資。媽媽說過，周彤所賺的錢都屬她自己的，待她長大會交由她自行使用。

江瑤瑤的片酬，她爸爸會如何處置？

才喝了幾口可樂，勉強吃了兩口又冷又硬的飯，便又要放下了。

「你要替瑤瑤馬上換衫了……梁大導在B廠等她，要拍《難為小孤雛》！」一個叔叔拿着戲服跑過來，焦急地道。

「咦？瑤瑤一會兒不是要拍《青山常在》嗎？」四叔愕然。

「不！因為嘉莉姐明天要去馬來西亞，所以今天要先拍《難為小孤雛》幾場戲。我們已問准曾大導了，他答應『借』瑤瑤給我們兩個小時，之後才拍《青山常在》，所以，要快……」

什麼？一天拍三組戲？江瑤瑤只有幾歲，這簡直是虐待！媽媽替我安排的工作，一星期頂多只拍攝兩次，每次連化妝set頭，不超過四個小時，逢有學校考試、測驗，她更會替我推掉所有工作。

「聽到沒有？你要換衫了。還不快放下飯盒？」

四叔把周彤手上的飯盒匆匆拿開，冷不提防，把她的可樂碰跌了！

「呯」的一聲，瓶跌到地上去，深黑色的汽水滾滾流出，灘滿一地，活像擱淺在灘上的一尾魔鬼魚。

江瑤瑤，你的「片酬」啊，就這樣報銷了……

五　「偷來」的片刻光榮

「瑤瑤，快醒來吧！」

周彤在矇矓中被喚醒了。

「你快要出場了，還在打瞌睡？」

在輕打她面頰的是江瑤瑤的四叔，但怎麼他頭髮長了這麼多，還留了鬍子？沒可能在一夜之間變成這副樣子吧？

那即是——

周彤揉揉眼睛，四處打量，終於給她發現在十步之遙的矮櫃上放了一面大如托盤的鏡子。

她衝上前拿來一照，怔住了。

她不再是六歲的江瑤瑤。鏡中的地，化了濃濃的妝，紮了兩個可愛的髻，看來約莫有九歲。

剛才我只是累極而坐着小休，醒來就過了幾個年頭？

「江瑤瑤，還有不到一分鐘，你便出場了！你呆在這面鏡前幹什麼?!你的妝早已化好啦！來，快跟我來！」

四叔把周彤扯到一道闊嚴了的幕後面，另一人把一個花鼓斜斜地掛在她的肩上。

「我……我一會兒要做什麼呀？」周彤聲音震顫地問道。

「瑤瑤，你又失常了嗎？一會兒要跳花鼓舞，並跟着聲帶做口型唱歌，明白嗎？你不用真唱，我們早已錄了音，你只要夾口型就行了。那隻舞，張老師跟你練習了整整兩天，你全記熟了。」四叔湊近她的面頰，道。一陣令人欲嘔的啤酒氣味從他口中襲來，加上還要跳一隻不知什麼的花鼓舞，周彤快要暈倒了。

音樂響起。

「我是江瑤瑤，我是江瑤瑤，我是江……」周彤閉上眼睛，催眠似的跟自己道。

幕被拉開了，台下千多對眼睛注視着她，掌聲雷動起來。

江瑤瑤清脆悅耳的歌聲隨音樂播出了。

歌聲一鑽進周彤耳裏，像是有隻無形的手按了她身上某個按鈕，令她非常自然的開口「唱起來」，並手舞足蹈的跳起這隻完全陌生的花鼓舞。

「唱」着跳着，剛才狂跳得快要蹦出來的一顆心漸漸回復穩定。

觀眾的喝采聲令她信心加強了，她甚至開始享受這「偷來」的片刻光榮。

一切進行得非常順利，但上天總愛給人考驗。

當周彤表演至中段時，音樂曳然停了！

她還在隨着音樂不停轉圈，張口唱歌，突然，沒有了音樂，她仿如給人點了穴，僵立着，口張着。

全場鴉雀無聲好幾秒，然後是竊竊私語。

我該怎辦呢？四叔在哪兒？後台工作人員躲到哪兒去，為什麼沒有人照應我？司儀呢，可以出來說句話嗎？

周彤嘗試移動雙腳，左腳、右腳，一步、一步，徐徐往後退。

就在她差兩步便退回後台之際，音樂又響起來了，江瑤瑤的歌聲再次隨着音樂播出。工作人員此刻趕上來把她推回台前。然而，周彤因為太慌張，忘了要「對口型」，把歌曲「唱」下去。

現場千多名觀眾馬上察覺到，台上的江瑤瑤只是「咪嘴」，並非現場獻唱。

「車——騙人的！江瑤瑤根本不在唱！騙子！騙子……」坐在首排的一些孩子羣起向她「柴台」。

周彤從未受過如此大的屈辱，兩行淚水如泉湧般滾滾而下。然而，音樂仍在播放，她仍得跳下去，「唱」下去。

表演完畢，周彤一個轉身衝回後台，跌跌撞撞的跑到洗手間，關上門，坐在廁板上，捂着臉，結結實實的哭了一場。外面的人不停拍門，勸她，哄她。當中，有她四叔的聲音。

周彤就是不肯出去。

在她最需要幫助的時候，他往哪兒去了？

當門外的聲音完全停下來，周彤也哭完了。

她用硬硬的廁紙抹乾眼淚，深呼吸了好幾下，才推門而出。

六　會被「揭穿」身分嗎？

門以外，竟然是另一個世界。

「江瑤瑤，你終於來了！」

迎上來的是個穿着筆挺西裝、身材高大的男人。他伸出手，作勢要跟她握手。

跟一個九歲小孩子握手，怎不彎下腰？

周彤也伸出手來，那一刻才發現，她自己的身高跟他不相伯仲。

她斜起眼睛，瞥一瞥身旁那玻璃窗中自己的倒影。

現在的「她」，已是個亭亭玉立的少女。

「司徒先生正在等候你，我帶你到隔壁的會議室吧。」

司徒先生是誰呢？該是一個職級更高的人吧？

周彤跟隨這男人由一個房間走到會議室，在走廊經過時，她看到走廊盡頭的一個水牌——飛鳳電影有限公司。

門一開，周彤只見偌大的會議室坐了兩個人。

「原來江先生也來了！」男人驚訝地道。

其中一個矮小、但相貌英俊的中年漢站起來，跑到她跟前，激動地喚她：「瑤瑤！瑤瑤！」

他搖晃着她一雙臂膀，道：「你一聲不響離家兩天，你可知道我們擔心得要死呀？」

啊——原來現在的周彤，是十六歲的江瑤瑤。

在早前的訪問中，江瑤瑤說她十六歲曾離家出走，想不到現在就成了出走後的她。

「江瑤瑤、江先生請坐！」會議室裏依然坐着的一個男人，揚一揚手，請他們坐到對面。

這個該就是她要見的司徒先生了。

司徒先生打開面前的公文夾，取出三份文件，放在各人的面前。

「江瑤瑤，昨天你致電公司，提出要求，我們已跟你的意思，馬上做了合約。

「你要求把你和本公司合作所得的片酬，一半留給自己到外國留學之用，另一半給你爸爸江泉石先生，剛才我已向江先生說明你的意願，他也同意。我們希望你替公司先拍兩部電影，之後每年夏天你回港時再拍一部。你先看看合約，同意的話，請簽署。」司徒先生道。

江瑤瑤在訪問時說為爭取求學機會而採取行動，原來就是這個行動。用自己工作賺來的錢去讀書，奪回被剝削十多年的求學機會，這個行為，絕對不算過分。

周彤拿起合約，一頁一頁的細心讀着。

簽合約，向來都是周彤媽媽代她做的事情，今天，她還是頭一趟「接觸」一份合約。

「我那一份片酬，是由司徒先生你們的公司替我保管，待我找到學校，你就直接用那筆錢替我支付學費和食宿，對嗎？」周彤提出這問題，以確定一下。

「對。我也明白，江瑤瑤你要讀書，最好到外國——一個沒有人認識你的地方，你才可以當一個真正的學生，在校園到處走動都不會有人拉着你，要你簽名合照。」司徒先生語重心長地道：「自由自在，真好！」

一個電影公司高層，竟能說出這番話，怪不得江瑤瑤願意把一半片酬交由他的公司託管。

「是的，我只想當一個普通人，做普通人可以做的事情。」周彤淡淡笑道。

這句話，是代江瑤瑤說的「心底話」。

拿起筆代江瑤瑤簽名的時候，周彤有點擔憂。

江瑤瑤的簽名，她從未見過，她該如何代簽呢？簽得跟地平日的簽名印鑑不相似，會被「揭穿」身分嗎？

沒辦法，怎也要撐下去。周彤咬咬牙，簽了「江瑤瑤」。

「原來你一手字不錯呢！」司徒先生拿起合約，細看她的簽名，驚異地道：「以前的合約都是由江先生簽署的，今天我還是第一次看到你的簽名！很秀麗的字體，一看便知是個有主見的人。」

過關了，真幸運！

周彤偷偷笑了，不經意的瞄一瞄江先生，他卻眉頭深鎖，嘴唇緊抿。

合約簽妥了，大家站起來，司徒先生與江先生和周彤握手，周彤也很自然的把手遞向江先生，以江瑤瑤的身分跟他握了一下。

他的手，冷冷的，而且有汗濕，握起來，手心的汗也傳了過去她的手上。

周彤心裏不禁問道：江爸爸也出現了，江媽媽呢？為何一直沒有在江瑤瑤身邊出現過？

七　一直隱形的人

踏出電影公司大樓，竟然有人迎上來接她。

「瑤瑤，一切順利嗎？」

對方是個二十來歲的女生，眼睛大而明亮。

「順利，非常順利，」周彤回道。

「你的合約就在袋裏？」她指指周彤的手袋。

「對。三方都簽署了。」周彤小心翼翼地回道。

這陌生女孩笑容親切甜蜜，該是江瑤瑤的好朋友。

「太好了！我們回家去吧！」

女生揚一揚手，截停了一部計程車。

坐上計程車後座，燦爛的陽光從車窗闖進來。

周彤疲倦地把頭靠着椅背，面向車窗另一邊，但還是不能躲避陽光。

「昨晚你一定睡得不好了。不如，今天下午取消英語補習，好讓你睡個午覺。」女生提議道。

「好。」周彤索性閉上眼睛，面向陽光，讓面頰來個日光浴。

* * *

再張開眼睛時，周彤正躺在如茵的綠草上。

陽光大猛烈了，她瞇起眼睛，細看四周。

在她身旁嘻笑着走過的，全是外國人。放眼一望，都是一幢又一幢只有幾層高的大樓和茂盛的樹木。

神奇旅程這一站，竟把她帶到一個說英語的國家！

她兩手一撐，想在草地上坐起來，右手卻觸碰到一枝筆。

她低頭一看，筆下有一封信。

周彤好奇拿起來一讀，竟然是一個小影迷寫給「她」的信。

親愛的瑤瑤姐姐：

你在英國的生活好嗎？

初時，我其實有些擔心，怕一直沒有機會讀書的你，到英國未能適應。後來，讀到你的信，知道你能夠應付日常溝通，我們都放下心頭大石。

媽媽說，你不用每次寫信都感激她資助你學費。她認為，她只是做了她應該做的事……

永遠支持你的小影迷

珊珊

資助她學費的，竟然是小影迷的媽媽？那麼，她簽署的合約是否無效？她那辛苦爭取得來的一半片酬，又如何處置呢？

心裏滿是疑問之際，迎面有人跑過來跟她說：「Jessica, you have a visitor!（你有訪客！）」

訪客？誰會千里迢迢到來英國探望江瑤瑤呢？

校務處職員把周彤帶到會面室。

門一推，裏面久候的人微笑着從沙發站起來。

與她素未謀面的周彤，可以從這人那對水靈靈的眼睛看出她與江瑤瑤有着血緣關係。

「怎麼見到媽媽也不喚一聲？不認得我了？」

原來是一直「隱形」的江瑤瑤媽媽！

這個打扮得雍容華麗的婦人，突然到來女兒的學校，是出自關心，看看孤身往外地進修的女兒能否融入彼邦的生活？抑或另有目的？

「媽媽。」周彤硬邦邦的向她擠出一個微笑，心裏卻有些不祥的預兆。

「瑤瑤，你終於如願以償，可以來英國讀書了。你開心嗎？」

江媽媽用那隻塗了桃紅色指甲油的手，輕碰女兒額角沾着汗水的髮絲，周彤心頭震了一震。

「開心。」周彤機械式的回應了。

兩人靜靜的對望着，不安的沉默令周彤主動問了這一句：「媽媽你為什麼會來英國見我？」

江媽媽輕歎了一口氣，又坐回沙發上，依舊不發一言。

「你坐十多小時飛機到來，不會只為問我開心與否吧？」周彤鼓起前所未有的超強勇氣，問她道。

「上個月，你爸爸寫了一封信給你，說既然你現在的學費、食宿都由影迷的媽媽代付，要求你把公司替你保管的一半片酬都交回他，你——竟然答應了？」

說到最後一句時，江媽媽雙眉緊皺。

啊，是為了錢的問題。

「他說你是孝順女，你就隨便把那大筆片酬奉上？」江媽媽再問。

周彤聽了，只覺唏噓，不禁反問：「給了他又如何呢？」

江媽媽眉頭快要連成一線了。

「瑤瑤——你有所不知啦。」

「你有什麼要告訴我，不如直接說吧！」周彤把心一橫，道。

江媽媽從手袋取出一條雪白的手帕，印了印人中和額角的汗珠，才淡淡地道：「有一件事，我一直藏在心裏，沒有告訴你。」

「其實，你——並非你爸爸親生的。」

八　你要記着這一天

又是午後的陽光，和煦的、溫柔的從窗外探進來，按摩着周彤的面頰肩頸。

「你覺得怎樣？」

是江瑤瑤的詢問。

「我覺得——有點疲倦——很想就這樣坐着。」閉着眼的周彤回道。

「是時候你要張開雙眼了！」

周彤順從的緩緩張開眼睛。

她還是在電視台，就在剛才她拉着江瑤瑤的位置附近。她安坐在一個角落，周圍人來人往，正為下一個節目的錄影而奔波。

江瑤瑤笑吟吟的坐在她旁邊，凝視着她。

「你不是說要趕往電台接受另一個訪問嗎？」周彤問她。

「放心！我的拍檔今天單獨去接受訪問，我則改在下星期去。剛才說要見你的導演已去了另一個廠工作。」

「我……剛才……剛才……」周彤欲言又止。平日口齒伶俐的她，終於遇上非筆墨所能形容的事情了。

「你說很想了解我的童星生涯，既然你已走上童星這條路，我就索性讓你『親自』到我的幾個階段看一看，感受一下。」江瑤瑤徐徐地道。

「你怎有能力讓我去感受呢？」周彤輕握着她的手，問。

「總而言之，我已滿足了你的請求。你想談談你的感受嗎？」

「我不明白。」周彤搖搖頭道：「我不明白六歲的你怎可以一天趕三組不同的戲，而身邊只有一個男性親戚陪伴着你！」

「由我三歲開始拍戲，身邊就只有四叔在片場看管着我，就算是替我換衫，也是由他負責。那張帆布牀，就是我小小的窩。累透了，就直接躺在牀上。平日吃飯、休息，也在牀上。拍什麼戲，說什麼對白，我都聽從導演的吩咐。就算生病了，受傷了，導演要我笑，我就笑。要我哽咽、大哭、尖叫，我都會做，而且可以鍛練到在說哪句話時流淚，流多少淚都行。

「給你體驗被吊在半空的經歷，是因為太難忘。被放下來後，我的腰都紅腫了，麻繩的結，深深陷進我的皮肉。但，不用擔心，你身體不會有那些傷痕的。」

「為何你不向爸媽投訴？他們該保護你啊！」周彤握緊兩隻拳頭，道。

「我小時候拍戲、登台所受的苦和委屈，我從沒有告訴他們，也從沒有『扭計』。我知道，我有能力改善一家十多口的生活，便努力去做好每場戲，開心地接受我每套電影的片酬——一枝可樂。

「我不同你啊。我相信，你做童星，是家人想你有一些特別的體驗，並非要你養家。我嘛，是肩負起全家的擔子。而且一直認為，我只有做個乖孩子，才能令爸爸愛我。」

「瑤瑤姐，為何你把一切委屈留給自己？那次登台表演，突然斷了錄音帶，那根本不是你的錯！那些負責人該出場代你解釋，替你打完場。在那段聲帶裏，唱歌的是你，你的歌聲很甜美啊！」

「謝謝你！」江瑤瑤撫撫周彤的面頰，道：「我那次是由爸爸帶到新加坡的各間戲院巡迴表演，一天跑八間，表演跳舞唱歌。如果帶着一羣樂師去新加坡，實在太昂貴。為了省錢，爸爸便事先替我錄音，每次表演都播錄音帶。我沒有膽量告訴爸爸斷帶的事，怕他會不高興，也怕影響之後的表演。

「那些影迷很熱情的，半夜四時便在戲院門前排隊等候購票，只為了看我表演。我在新加坡逗留了很長時間，每場表演都爆滿，我只想努力做好每一場。

「剛才訪問時，你很想知道我為了讀書，採取了什麼行動。在你成為十六歲的我，上電影公司簽約，不就明白一切了嗎？」

「明白了。」周彤低聲道。回想起自己厭惡讀書和考試，曾想過只拍戲、拍廣告而放棄學業，現在，她只感到羞愧。

「瑤瑤姐，離開電影公司時，有個廿多歲的女生來接你，她是誰呢？」

「她是我的好朋友——Iris。她義務替我補習英文，好讓我可以在短短半年內補回人家十多年所學的，有能力入讀英國的中學。

「在我的生命裏，我感恩遇上不少心地善良的人。除了Iris之外，還有Auntie Rose，她是一個影迷的媽媽，主動資助我留學的費用。

「但在我爸爸知道此事後，他要求我把那一半片酬也交給他。我認為我有必要盡孝道，便同意了。怎知道，我媽媽竟被觸動了神經，特意來英國，把一直隱瞞我的身世之謎揭開。」

「你媽媽有否給你看親生爸爸的相片？你有沒有見過他？」周彤小心翼翼地問。

「沒有。我媽媽說，她已丟掉他的相片。她連我親生爸爸的名字也不肯告訴我。」

「之後……你有否再問她？你有權知道啊！」

「我，沒有問。知道自己為爸爸不斷付出，而我並非他親生女兒。我——崩潰了，被送到了精神病院。」

周彤聽了，淚水流了一臉，她抹了又抹，怎也抹不完。

江瑤瑤拿出紙巾來替她拭去淚水，微笑道：「一切都過去了。我只是在病院住了短短半個月，在病院的惟一記憶，就是走火警，是演習來的，很好玩。之後，我沒有再向媽媽追問那事，我——不想知道，也沒有必要知道。我花了一些時間去接受一切，雖然過程艱辛，最後，我也接受了。

「剛才訪問時，我故意不跟一早擬定的問題來跟你談，結果發現你很有急才，懂『執生』，而且口齒伶俐，外形又討好。我相信你在這一行業會有很多發揮，前途無限。不過，我希望你不要因為工作而放棄學業，充實自己，是必須的。」

江瑤瑤彷佛能夠看穿她的心。周彤沉默了。

「彤彤，原來你仍在這兒！」周彤媽媽終於趕回來了。

「媽媽，婆婆她怎樣了？」周彤馬上問道。

「醫生説婆婆感冒菌入腸胃，要服藥、休息。」周媽媽這時才看見坐在女兒身邊的江瑤瑤，驚訝地叫起來。

「江瑤瑤，我是你的影迷啊！」

「媽媽，剛才我的訪問嘉賓就是瑤瑤姐！」周彤補充道。

「是嗎？周彤真是幸運，有機會訪問你！她的婆婆也非常喜歡看你的戲。瑤瑤姐，你可否跟周彤合照呢？我想給我媽媽看，她一定很高興，這樣會加快痊癒呢！」周媽媽提出這個請求。

「好啊！我也很希望和周彤合照。你把女兒培育得很好，我很喜歡她！」

周媽媽掏出手機，拍下了這張難得的合照。

「瑤瑤姐是沒人能及的天才童星！」周媽媽道。

「你的女兒是新一代的天才童星！」江瑤瑤轉頭低聲跟周彤道：「你要記着這天啊，彤彤！」

周彤擁着地，在她面上輕輕一吻。

故事源起

我曾聽過兩個關於一代天才童星馮寶寶的講座，她三歲出道，參演電影超過兩百部，然而，她卻失去童年，不但沒有上學，家庭背景又相當複雜，十六歲時更發現自己並非父親所親生，精神崩潰並入住精神病院。馮寶寶的演藝人生十分燦爛，但親情和愛情卻嘗盡苦頭，她更吃了十八年的抗抑鬱藥。幸好，她今天終於捱過來，豁然自在，更復出參演兒子擔任副導演的電影。

我要衝上雲霄

一　蒙眼飛行

「Tommy，你準備好沒有？」

坐在我身旁的澳洲飛行導師問道。

我深呼吸了兩下，道：「準備好了！」

導師把一頂特製的飛行訓練帽套在我的頭上，帽舌剛好蓋着前方，我彷如被蒙着眼睛，沒法看到機窗外的情形，只看到下面的儀表和小指南針。

已有多次飛行經驗的我，第一次作蒙眼飛行訓練，不免有點戰戰兢兢。

「Tommy，我要你飛上二千五百英呎，三百五十度。」導師下了第一道指令。

「好。」轉瞬間，我便完成了指令。

第二道指令是：「下降至二千英呎，二百三十度。」

二百三十度，屬不尋常角度，但也難不倒我。

「再下降至一千英呎，一百五十度……」

五個指令，我都順利完成。

原來，單看儀表飛行，並非如我想像中困難。

就在我的情緒完全鬆弛下來時，導師說：「我們來一個練習，模擬遇上突發事件。」

這個練習，我已做過好幾次，是模擬在駕駛時遇上強風或氣流，飛機或會有很大的震動，機師必定要回復水平飛行，穩定機身。

「Tommy，我要你垂下頭一會兒。」導師又道。

導師的指令，我絕對要服從，但當我在他指示下稍稍抬起頭來，才驚覺儀表上顯示：飛機現在幾乎是垂直向下，仿如過山車般正要往下急衝！

導師要測試的就是我的應變能力吧。我務必要臨危不亂。

我竭力保持鎮定，握緊駕駛桿，要把飛機回復水平飛行。
一番努力過後，儀表的顯示告訴我，我成功了。

*　*　*

「天廷！我由你九月開學開始便教你寫這個『幫』字，教了整整五個月，怎麼你還未懂？這是一個字，你不能把它拆開五份，分五格來寫！今天一定要學懂這個字，明白嗎？土——土——寸——白——巾，要把這些字寫在同一格內，跟我寫吧！」

五歲的我，最愛幫助別人，卻總學不懂寫個「幫」字。

土——土——寸——白——巾。我背熟了，然而手緊握着短短的、輕輕的鉛筆，總覺得它不受我控制，心裏想寫個「土」，筆尖卻畫了個笑咪咪的彎彎嘴巴出來。

「握好你的鉛筆！你連筆也握不好，控制不來，怎能寫出正確的字呢？」

媽媽又按捺不住，捉着我的小手，徐徐的教我寫個「幫」字。她臉上的化妝品氣味加上塗在耳背那香水清幽的味道，是我非常喜歡的，亦能令我繃緊的情緒稍稍鬆弛。

「好！試試自己寫吧！」

我筆下的字，又再四分五裂，成不了形。再寫，情況更可怕。

「媽媽的耐性和時間都全給你吃掉啦！」

媽媽隨手拿起桌上的間尺，高高舉起。我馬上緊閉起雙眼，提起心，準備承受那驚天動地的拍打，但等了半晌，我仍安然無恙。

「啪」的一聲，間尺不是打在我的手上或頭上，而是被飛擲到玻璃桌上。

「馬天廷，你怎會連自己的名字也寫錯呢？」

我怯怯睜開眼睛，見媽媽指着我一本中文練習的簿面。在姓名一欄上，我名字中間的「天」字給老師畫了一個大大的紅圈。

我定睛一看，原來，我把「天」字寫成「夫」字。

「你叫馬天廷，不是馬夫廷！居然連薄面都會有錯字，看怕是萬中無一了！

「你究竟是個腦袋有問題，還是你的手是隻不受控制的手？要不要去見醫生，問問是否要換過一隻手……」媽媽一疊聲的罵着，眉頭皺得不能再皺。

我自己也不知道是腦袋還是手的問題。寫中文字不成字，寫英文字也經常串錯，而且，沒有橫線讓我「靠」着寫的話，我的字會無端突然上升或下墜幾厘米。老師說，看我寫的英文功課，就像看心電圖。

五歲的我，不明白她說什麼，後來在電視特輯上看到心電圖的介紹，才知道，我飛上跌下的字，真的像心電圖啊！

小一下學期，媽媽真的帶了我去見醫生，我再被轉介去做評估，最後證實了我有讀寫障礙，解開了大家心中的疑惑。

雖然我的手沒法控制一枝普通的鉛筆，寫出一個正確的、整齊的字，但今天的我，卻可以奇跡地握着控制桿，操控一架飛機，載着我和導師升上幾千呎的高

空，與雲共飛，與鳥共舞。

人體的奧秘，由專家去探討吧。現在的我，實在太忙。

二　不再是孤單無助

由機場回到家，已近黃昏。我和寄住家庭吃過晚飯後，便返回房間做功課。已踏入中學生涯最後一年，準備投考大學了，我漸漸感受到壓力。接下來的一星期，我要繳交五科的論文。有些效率高的同學，不消一天便完成一份論文，我嘛，要伏案幾天才能完成。而且，我要預早兩、三天寫完初稿，給老師審閱，再作修改。我明白自己的不足，一定要將勤補拙。

上個周末，我開始寫一篇英文科的論文。或許因為服食了感冒藥後精神欠佳。寫到一半，突然，腦裏一片空白，所有思路都被截斷了，我彷彿回到了小學時期，兩眼盯着雪白的作文紙，一個字也寫不出，急得直要哭。

幸好，在澳洲的我，不再是孤單無助的。

今天早上，我比平常早了四十五分鐘回到學校，直接去Miss Robinson的辦公室。

她是我的英文寫作導師，也可說是我的「守護天使」之一。每次我寫論文時遇上困難，她都會拔刀相助，提點着我寫文的步驟，就我寫的初稿給予意見和指導我改善的方法。在她的教導下，我進步神速。來澳洲前的我，寫三百字的文章，已感困難。現在嘛，老師要求寫二千字的論文，我都能準時繳交，分數也不錯。每次在全班同學面前作簡報，亦能暢所欲言。

晚上十一時多，我準備上牀就寢前，循例開手機看看有沒有留言。有呢，是來自上海的同學吳俊的留言。

「今天我沒有上學，明天你可以借筆記簿給我抄筆記嗎？」

抄筆記？

我不禁笑起來。

「當然沒問題！但不知道你能否看得明白！」我回他道。

「Raymond看過我的筆記，說是心電圖文字版。」

「不理你是什麼版，我只知你是全校的亞洲人中成績最好的。總之，你借給我吧，我一定看得明。」吳俊非常有自信。

我馬上翻開筆記簿，用手機拍了第一頁的照片，傳去給他，只五秒，他便回我：「是草書中的極品，我不懂看，還是不用了。我問其他人借吧！」

「你今天為何沒上學？病倒了？」幫不上忙，也要關心一下他。

「我這是不病之軀，不上學的理由就只有一個，你懂的！」

啊，我懂的。

跟我一樣，吳俊也是因為想一嘗當飛機師的滋味，才千里迢迢來澳洲入讀這間有飛行課程的中學。跟我不同的是，他是玩樂型，晚上會丟下功課，外出尋開心，翌日太累便不上課。雖說當飛機師是他自小的夢想，但，來到澳洲後，他很快便放棄了。

第十班（中四）下學期，選修飛行課的同學終於有機會試飛。導師會逐一帶同學上小型飛機飛一趟，讓同學親歷坐在駕駛座的感覺，再決定是否繼續上飛行課程，否則，便要及早轉科。

終於不用再紙上談兵了，我們一班同學為此非常興奮。吳俊和他的表姊趙子怡是第一批「上機」的學生。期待已久的飛行旅程，很快便完成了。

一下機，吳俊幾乎連站也站不穩。陪同他到機場的我，旋即上前扶着他。

「你怎麼了？」我見他面色有點蒼白，遂關切地問。

「不好玩！駕駛飛機一點也不好玩！」

我扶他到一旁坐下，稍歇後才問他：「為什麼這樣說？你來這兒的目的不就是想飛嗎？」

「那兒有千萬個按鈕和儀表，我一見就頭暈！飛機起飛後，我的頭暈越來越嚴重，差點就要吐在儀表上。導師開始說話後，唉——情況更差，我雙腳不停抖顫，心跳加速，他說了些什麼，我全都忘掉！

「Tommy，當飛機師真的不是易事！電視劇裏的『cool魔』的確型爆，我想，我只可以扮一下『cool魔』。要做個真正的飛機師？我是沒可能的了！」

「導師早說過，飛機起飛後，因氣壓低，空氣稀薄，我們這些初哥，免不了會有些少頭暈和有睡意，是正常的感覺，捱過了第一次飛行，會逐漸適應。」我輕拍他的肩膊，安慰他道。

吳俊慢慢搖了搖頭。「我很肯定我是沒可能當飛機師的了。看電視、電影的感覺，和自己坐上機師座位，面對數之不盡的按鈕，感受那令你窒息的氣壓，完全是兩回事。剛才真的嚇死我了！你要我當演員，扮飛機師嘛，沒有問題。但，要坐上那機師位，真的駕駛飛機，絕對不可以！我駕駛飛機，一定撞機，必死無疑！」

一次試飛，吳俊便放棄了。

他的表妹趙子怡同日試飛，沒有像他那樣嚇破膽，可是，到最後仍要放棄。當飛機師，要學習理論加實踐。除了要駕駛，儲飛行時數，還要上航空課。

導師教授了二十六個字母的飛行代語，給我們一星期時間把它們記熟，趙子怡卻用了三個星期還未記熟一半。她和吳俊一樣，以玩樂為大前提，功課是有心情時才會做，書本是在玩樂後仍有精神才會拿起來溫習。導師對她這種態度極為不滿，曾在課上不指名地訓斥道：「當飛機師，心態非常重要。你要有無比的決心和毅力去學、去做才行。試想想，飛機上所有人的性命就在你手上，我對你們的要求怎能不嚴格呢？如果一開始已經不認真，很難令我對你有信心。當飛機師，並非有錢便可以做，最重要的是有心。如果根本無心裝載，就不如及早轉科，不要浪費家人的金錢！」

翌日，趙子怡便決定轉科了。

坦白說，我自己第一次試飛，也有感到頭暈和疲倦，但，這是我的夢想，遇到困難，總要想方法去克服，不能夠找藉口去放棄，況且，遠道來澳洲這所設有飛行課程的中學讀書，是媽媽精心的安排，我總不能夠糟蹋她的一番苦心。

三　可能比愛滋病人更孤獨

「啪啦」一聲，小三乙副班長潘雪伊的一盒二十四色圓筒形顏色筆從桌上滑下去，四散一地。

幾個熱心的同學馬上彎下身子幫忙去撿，我也是其中一個。

怎知，剛撿了兩枝，便給「喝停」了。

「喂，馬天廷！你快放下潘雪伊的顏色筆！」魯志榮使出食指指着我，兩隻小眼睛露出嚇人的凶光。

我呆了半晌，才懂得道：「我只是替她撿起顏色筆，有什麼不對？」

「人人都可以幫她撿起顏色筆，惟獨是你不可以！」魯志榮交疊起雙手，極有權威地道。

「為什麼？」我不明所以。

「你有讀寫障礙，會傳染我們！」他言之鑿鑿地道。

「不！我的讀障不是病菌，不會傳染的！」我馬上解釋道。

「但，我媽咪說那是傳染病，還叮囑我不要接近你，不要跟你玩，否則，我惹上了讀寫障礙，以後便會跟你一樣，次次默書都不合格，天天欠交功課，給老師罵……」

魯志榮話未說完，身邊的同學便馬上嘩叫起來。

「你的病會傳染的嗎?!不要過來呀！」大家都對魯志榮的話確信無誤。

「真的不會傳染！不用擔心！」我努力地辯道。

「鬼才信你！上一年常常跟你玩的羅梓滔已經因為成績太差而被趕出校了！」另一同學也加入指控團。

「不！羅梓滔是因為搬家而要轉校，不是因為成績差而被趕……」我說着說着，才發現自己仍握着那兩枝顏色筆，遂遞回給潘雪伊。

她沒有接，還不斷往後退。

「你碰過的，我不要了！」潘雪伊竟然這樣道。

只一個早上，我便成了獨家村。

所有同學都因為我的讀寫障礙而不願意跟我做朋友，甚至不敢接近我。我因為無法制止謠言傳播，變成了全校最孤獨的人。可能比愛滋病人更孤獨。

* * *

「喂，你坐在這兒幹什麼呀？」

一個六年級的哥哥走到籃球架下。彎下身子問我。

「沒什麼。」我木無表情地回他。

「我們在打籃球，你坐在籃球架下，不怕給我們的球撞死嗎？」他問。

「我就是想給你們的球撞死。你們儘管繼續打球吧，最好可以入籃，那我就可以快點給掉下來的球撞死。」我認真地回道。

「你瘋了嗎？我們不想間接成為殺人兇手！你快離開籃球架。快！快！

快！」

給同班同學杯葛後，我更被陌生的高年級同學驅趕，我只覺我的人生可以用「坎坷」二字去形容。

而那痛苦的一天，正正是我的八歲生日。

*　　*　　*

七年後的今天，是我的十五歲生日。

來澳洲後，我認識不少朋友，但從沒有告訴他們我的生日日期。

因有讀障的關係，我要比一般人花更多時間讀書。我的生日正正是在考試期間，所以我才要隱瞞自己的生日，以免好玩的同學硬叫我外出去慶祝生日，而令我減少了溫習的時間。

我只想靜靜地過生日，晚上和媽媽用視像通話談一會兒，接受她的生日祝福。

離校途中，經過籃球架，我見到一個瘦小的亞洲男孩獨自呆坐在籃球架中央的一排石磚上。

我本想匆匆經過，但，他令我回想起八歲時那坐在籃球架下等待被籃球擲死的我。

「你好！你叫什麼名字呀？」我在他跟前停下來，主動跟他說話。

他盯着我好一會兒，才問：「你會說國語嗎？」

「會，但說得不大好。」我索性坐到他身邊，道：「我叫馬天廷，Tommy，來自香港。我來了一年半，你呢？」

「我叫封明，來自台灣，這學期才來讀第七班。」封明道。

「今天很冷，你不是打籃球的話，就不要坐在這兒了，會冷病。」

「什麼地方都是一樣。」封明輕輕地道。

「什麼？」

「什麼地方都是一樣冷。」他道：「無論是課室、寄住家庭、籃球場，都是一樣冷。這兒，人人都是冷冰冰的。」

明白了。

「我初來澳洲的時候，都有你這感覺。澳洲同學全都不理會我，視我如透明人。但我明白，要融入他們的圈子，首先我要努力學好英文。如果我聽、講英文流利，可以跟澳洲人交談，自然有機會跟他們做朋友。

「有時，我們做功課或比賽要分組，有朋友就方便得多。總之，人家被動，你就要主動。不要躲在一角，等人來找你做朋友。」

「我……本來就是個沉靜內向、沒有什麼朋友的人。」封明徐徐地道。

「坦白說，我也是個內向的人。小學時期，曾有一段時間是零朋友！每天在學校，除了給老師責罵之外，沒有其他人跟我說過一句話。那時的我。痛苦得想死。不過，來了澳洲之後，在一個全新的地方，面對一羣全新的人，我覺得自己可以從頭開始。

「我要用自己的毅力、決心去證明，有讀寫障礙的人也可以有理想，有能力去達成目標，還可以像一般人一樣結交朋友，建立友誼。」

「咦？Tommy哥哥，你有讀寫障礙，也可以讀到高中？我的表哥也有讀障，初中未讀完便輟學去打工了，他說拚了命也讀不上。」

「我不但要讀高中，還要讀大學。現在的我，不會輕易認輸。」我一臉認真地說。

四　三小時獨自飛行

在中學我費了一番勁，練好英文，成功打進了澳洲同學的圈子。不過，要在飛行學校結識朋友，則難度更高。

飛行學校裏的同學全都是成年的澳洲人，我是惟一一個華人，而且，我十四歲便開始入讀，是年紀最小的一個。同學初時都不理睬我，我亦因自己的年紀問題，不太敢與這些「叔叔級」的同學交往。

飛行課程的導師極為嚴格，上課時經常抽問之前的課堂內容。我除了上飛行學校的課，還要應付高中繁重的課程。偶爾沒有溫習而被飛行導師問得啞口無言，我只能尷尬地道歉，說會加倍努力。

記得有一次，導師突然抽問早在一個月前教授的內容。問到我，我怎也答不出來，即時被他狠狠地罵，而且罵了很久。我羞愧得臉紅耳熱，而且，淚水在眼眶打轉。來澳洲後，還是第一次有想哭的衝動。

「不要緊，Tommy！」

下課時，坐在我身後的同學Sean忽然拍拍我的肩，安慰我道。

「你只是比我兒子大一年而已。我兒子課餘只在家『打機』，而你則早已找到自己的目標，來這兒和一羣成年人一起上飛行課。我覺得你很厲害，真的很厲害。我在心底很欣賞你，但沒有跟你說。今天，我認為我不得不說。」Sean道：「你看，第一堂，課室坐了二十多人，個多月而已，走了好幾個，有些認為課程太艱深，讀不來，亦有些給導師罵走了。我相信遲點兒會有更多的人退學。

「我會堅持下去，希望可以成功考牌。我覺得，你也不會輕易放棄，你會跟我共同努力的，對嗎？」

那晚，我回到寄住家庭，鼓起勇氣跟家長提出暫停每晚替他們清洗一家七口晚飯碗碟和廚具的要求。

「我要應付中學和飛行學校的功課，不得不多花點時間在學業上。我答應你們當我考完試，便會連續幾天替你們洗早、午、晚三餐的碗碟。」

我的要求被接納了，那麼，我每天便至少多出四十五分鐘的溫習時間。後來，我還要改作息時間，晚上十時就寢，早上四時起來溫習。

我明白自己有讀障，得比別人努力好幾倍，才會有理想的成績。清晨溫習，頭腦較清醒，資料會更易入腦。

在下雪的寒冷清晨早起，是有一定的難度，但咬咬牙，堅持下去，久而久之，成了習慣，便不覺是一回事，努力是有回報的。

飛行了三、四次，我已經克服了頭暈不適和舒緩了緊張的情緒，可以專注聆聽導師的指引，並把在課堂學習到的運用出來。

上了七個月飛行課，在導師陪同下飛了二十次，共二十二小時，時數夠了，表現亦合格，導師遂讓我嘗試獨自飛行（Solo）。

可以獨自飛行，對我來說，是邁向了一個里程碑。

心理上和技術上，我早已準備好獨自駕駛，亦期待着這一天的來臨。同學知道我這天Solo，都紛紛來給予我鼓勵，就算已退選飛行科的吳俊和趙子怡，都特意來給我鼓勵。

「要鎮定，專心！千萬不要撞機！」趙子怡笑道。「導師第一次帶我飛時，便已經說，如果我以那態度自行駕駛，九成九撞機，直上天國。Tommy，你一定要平安回來！」

「我們的這位是Tommy Tiger，怎會撞機?!他日Tommy考了牌，要載我們飛的呢！」吳俊道。

「Tommy Tiger」是同學給我起的花名，他們覺得我讀書的魄力驚人，學習駕駛又如老虎般勇猛，什麼也不怕。

的確。越飛得多，我的膽子越大。一直在我身旁，對我極為嚴厲的導師，對我的讚賞與日俱增，亦令我增添信心。

我順利完成了Solo，一下機，奇怪，我發現除了我的導師之外，還有六個陌生人在地面列隊歡迎我。

「做得好，Tommy！」

「以第一次獨自飛行來說，已是非常好！」

「很好，值得嘉許！」

他們還親切地拍拍我的肩膊，或是跟我握手。我微笑着向我的導師以眼神打了一個問號，他終於開腔，解答我的疑問了。

「Tommy，他們都是民航處的職員，今天來檢查飛機。我告訴他們，今天有個小男孩第一次獨自飛行，他們遂特意留下來一會兒看你降落。」

「我認為你今天的起飛和降落都近乎完美，你的超卓表現令大家都留下深刻印象了！」

太好了！這一次的獨自飛行，我取得理想的成績，之後我便計劃考取飛行執照。

在我升上第十一班（中五）後，我便考到學生飛行執照①，方便我以後獨自飛行。

第二個考到的，是娛樂機師執照，**RPL**（Recreational Pilot Licence）。有這個執照，我可以載人飛行。

之後，我儲夠三十五小時飛行時數（當中有五小時獨自飛行），成功考取了私人機師執照**PPL**（Private Pilot Licence）。這執照允許我作夜視飛行和玩空中特技。

第四個較難考的是商業機師執照**CPL**（Commercial Pilot Licence）。有這個執

①二〇一四年九月，澳洲民航處已取消了學生飛行執照SPL（Student Pilot Licence），以RPL（Recreational Pilot Licence）代替。

照在手，我可以帶任何人或帶團飛行，亦即是有資格以飛行謀生。

每次完成考試，我都會急不及待在當晚視像通話時告訴媽媽。

「恭喜你！我真的以你為榮！你的努力沒有白費。」媽媽欣喜地道。「考的過程是否很艱辛？」

「比起之前考的幾個執照，今次考這CPL難度較高。因為今次是長途飛行，我要駕駛三個小時，由主機場飛去一個偏遠的機場，然後返回主機場。」我回道。

「連續三小時獨自駕駛?!」媽媽聲音裏有點驚訝和疑惑。

「導師已協助我做好心理準備。我沒有擔心過。只是，駕駛時，認路有點困難。去偏遠機場的途中沒有山，連山谷也沒有，地面的路很幼小，幾乎看不見，我只好看地圖。」

「Tommy，你不是獨自駕駛的嗎？怎騰出時間看地圖？」媽媽想了想，又拋出一個疑慮。

「我當然不會像平常一樣垂下頭看地圖。導師教我們一定要把地圖遞起來看，一邊看一邊可以觀察外面的情形。而且，我在地面時已計算過，飛二十分鐘左右便可以到中途一個小機場。二十分鐘後，我的確見到那機場。第一部分似乎順利，在進行第二部分時，我鬆懈了一點，便出錯了。在該向左轉的時候，我因太習慣去舊機場而向右轉了。」

「那你怎辦呢？」

「幸好我很快便察覺到錯誤，馬上改向左轉，最後成功到達目的地。不過，知道出錯的那一刻，我確實有點怯。始終是獨自飛行，出錯了，要自己改正，自行承擔責任。經過今次的教訓，我會永遠緊記：在任何情況下都不可以鬆懈。」

「你明白就行了。每次出錯，都是一個學習的好機會。」

「我的飛行老師Mr. Jackson也是這樣說。

「今天，他又慫恿我在下星期的周會上台去！」我馬上扯去另一個話題。

「上台領獎？」媽媽熱烈地問。

「獎就沒有了，Mr. Jackson只是想表揚一下我。但，你也知道，我不大喜歡成為全場焦點，看來我多半會婉拒他。」我回道。

「老師要表揚你，是榮耀啊！不要害羞，上台吧！媽媽不在你身邊，不能見證那一刻。你請同學或老師拍下片段，讓我看看，開心一下吧。我下星期五生日，你就當這是送我的生日禮物，好嗎？」

媽媽的生日要求，我怎能拒絕？

五　檢視傷口的勇氣

我從牀上爬起來，拿起牀頭櫃上的夜光鐘一看。

咦？鐘停了，想怕是沒電了。

我亮起燈，看看擱在書桌上的手錶。

十二時四十七分。

甚少失眠的我，在這個晚上奇怪地了無睡意。

我坐到電腦前上網，希望找點鬆弛神經的音樂，無意中看到這個片段。

是在今年《Britain's Got Talent》中一隊二人組合「Bars and Melody」的演出。Leondre和Charlie分別是十三和十五歲，跟我年紀相若，而他們唱的原創歌，竟是一首有反欺凌訊息的歌曲。我毫不猶豫的按了「播放」。

「主，請救我，我很孤獨無助……我每天起牀，都不願離家，我媽媽問我。為何總是孤獨一人……我想告訴我媽媽原因，但見她和我爸爸有爭執，我無言……我感到進退兩難，無路可走。來到學校，不想打架，我想學習……我渾身顫抖，我心裏無比懼怕……你踢我，襲擊我，把我推倒地上，我問你，究竟我做了什麼得罪你？你又再打我，還取笑我媽媽，每一天，你都要我向你下跪求饒，我寫這首歌，希望你能夠看到……我是有血有肉的，請你接納我！」

由小四至中二幾年間飽受同學嘲笑、欺凌的Leondre，吞着淚寫了這首rap歌。同樣曾被欺凌的我，聽着歌的時候，掉下的淚水幾乎把電腦鍵盤也浸壞了。

Leondre把他的傷痛、委屈以歌曲表達。

我呢？

心靈的傷，好像永遠不能癒合。我把傷口用心靈膠布密封，然後不再去理會它。縱使傷口仍會隱隱作痛，我還是不去處理。坦白說，是不懂處理。因為我沒有檢視傷口的勇氣。

正如Leondre，很多事情，我都沒有跟我媽媽訴說，很多苦，我都默默承受。媽媽獨力照顧我，也夠吃力了。

現在，我要以嚬計的孝心和愛來回報她，並以優異的學業成績，令她可以引以為榮，忘卻以前經歷的傷痛。

*　　*　　*

「各位，今天我們最後要表揚的，是一位來自香港的同學。」

我站在黯暗的後台，凝視着此刻在台上介紹我的飛行老師Mr. Jackson。是天生愛低調吧。每次要上台領獎或被表揚，我都會緊張。但這次，Mr. Jackson盛意拳拳地邀請，加上媽媽的要求，我最後答應了他。

「本校二千多名學生，就只有他一人可以在學習飛行短短七個月後，便嘗試獨自飛行。在蒙眼飛行練習時，他能夠把垂直俯衝的飛機在短時間內回復水平飛行，而且，他駕駛時的態度一直是冷靜、警覺性高的。

「他開始獨自飛行時，只有十五歲。可以考取的執照，就只有學生機師執照。其餘執照，要夠十六歲才可以考取。雖然未能考試，但等待的期間，他不停看書、自修，為未來的考試作好準備。

「因此，他可以在十六歲這大半年內考取了三個執照，分別是娛樂機師執照、私人機師執照和商業機師執照，而且，在最難考的民航機師執照筆試已獲得合格的成績。

「他努力不懈、永不放棄的精神，助他克服了重重障礙，達至成功。

「我的學生當中，有不少是絕頂聰明的，但有些因此而驕傲，不肯謙卑學習；亦有些是欠缺毅力的，失敗一次便甘願放棄；更有些是考了一半，便嫌太困難、太辛苦，半途而廢。

「今天我要表揚的他，是有讀寫障礙的。他亦常常跟我說，他並不算聰明，但勝在夠毅力，肯堅持，將勤補拙。

「的確，他比一般學生勤奮好多倍，對自己非常非常嚴格、自律，對飛行極為執着。

「還有一點我要嘉許他的，是他樂於助人的精神。

「大家都知道，學校有模擬飛行器供同學作練習之用，但太多人使用，程式間中會被搞亂了。學生當中，就只有他會修理，皆因他有好學的心，並愛幫助別人。過去一年，模擬飛行器停用了四次，每次都在短短一個星期後便可以再開放給大家使用，是因為他那幾個星期的每個小息都會來幫忙修理。

「我的介紹到此為止了。現在，請同學以熱烈的掌聲歡迎Tommy，馬天廷到台上。」

我在如雷貫耳的掌聲伴隨下，走到禮堂的台中央。

掌聲加歡呼聲震盪着我的耳膜，我保持微笑，與Mr. Jackson握手。但當我看見飛行學校Flight One的老師Mr. Gullies在我意料之外從後台另一邊走出來時，我真的有點激動。

Mr. Gullies是我的眾多老師中對我最嚴厲的一個，但他亦同時激勵起我的鬥志，助我在幾個執照考試中取得合格的成績，讓我今天可以踏上學校禮堂的台上，接受榮耀。

「補充一句，」Mr. Jackson在我接受了獨自飛行證書之後，又再站到咪高峯前，道：「Tommy還破了我校創校以來的一個記錄呢！」

我詫異地看着他，靜待他說。

「今年十一月，Tommy將會是我們開校以來年紀最小的畢業生。我們的Tommy Tiger畢業時，只有十六歲！」

六 或許升學失敗

下午二時二十五分。

手機在這個時候突然響起。

我瞄一瞄來電顯示，竟然是媽媽。

我們通常都在晚上才會用電腦作視像通話，日間她忙於工作，不會致電我。

難道是有什麼突發事情？

「媽媽，什麼事？」接通電話，我馬上問。

「什麼事？」千里以外傳來媽媽溫柔的聲音。「該是由你告訴我發生什麼事。只聽你說一句話，我已知道你正在哭。」

她怎會知道呢？這並非視像通話啊。

我拭掉眼角的淚水，盡量以最平靜的語調問她道：「你不是在上班嗎？」

「Auntie Susan剛給我傳來短訊，說見你吃午飯時一反常態，平日愛主動分享的你，今天半句話也沒有說過，雙眼紅紅腫腫，似是哭過。問你，你又說沒事兒。她有些擔心，於是給我傳來短訊。」

原來如此。

Auntie Susan是我寄住家庭的媽媽，她頗關心我，但，她也有幾個孩子要照顧。在她面前，我習慣報喜不報憂，以免她擔心。

「Tommy，究竟發生了什麼事？幾日前，你還致電我，說布里斯本大學取錄你了，你可以延續你的飛機師夢。那天才高高興興的，今天卻躲着哭，為什麼呢？」

「沒錯，布里斯本大學確是取錄了我。可是——」我咬咬牙，道：「可是，我昨天才收到消息，布里斯本大學剛剛更改了制度。由二〇一五年開始，大學飛行系課程只接受澳洲本地生報讀，外地學生只能選擇其他學系。那即是——就算他們取錄了我也沒有用。我只是想當民航機師，不想選修飛行以外的學系。」

「不要緊，Tommy！你還申請了南澳大學，只是暫時未收到他們的取錄通知書而已。」媽媽仍保持輕快的語調。

「但，我恐怕被取錄的機會……不太高。」說畢，我又流下兩滴淚來。幸好這不是視像通話，媽媽不會看到我軟弱無助的一面。

「怎麼對自己這樣沒有信心？」媽媽問。

事實是無法隱瞞的，還是坦白跟媽媽説個清楚吧。

「南澳大學公布了去年取錄學生的公開評分數。我考得的分數，並未達到要求！」

「是去年的分數而已，只能作參考。不要忘記，你自己額外報考了中文科，成績不俗，有機會加分。而且，你的飛行成績一向優異，又成功考取了四個執照，這一切都是你勤奮向學的證明。媽媽對你是信心十足的。」

就是因為媽媽和老師們對我的期望都大，我更不想令他們失望，尤其是獨力負擔我留學費用、為我作出了極大犧牲的媽媽——我世上最愛最敬重的人。我實在不忍心讓她承受我「或許升學失敗」的事實。

哭泣只能宣洩情緒，沒可能改變現實。

不過，我掛線之後，還是結結實實的哭了一場。

七　天父，請你給我一個機會

一連幾天，都是下着毛毛雨，或是陰陰的天，雲又灰又低密，仿如暴風雨的前夕。

過去的數天，同學們在羣組紛紛傳來令人欣喜的消息。他們申請的大學都在這個州分，大都能順利入讀心儀的學系。熟悉的同學圈中，只有我一個堅決要修讀飛行學系，因此，我申請的兩所大學都在這個州分以外。

同學都清楚我的意願，極為支持我的選擇。但，日子一天天過去，南澳大學仍未有消息。我開始懷疑我的選擇是否正確，我是否高估了自己的能力。

逐一祝賀過同學後，我馬上關掉手機，連電腦也不敢碰。

我害怕收到同學的關切問候和查詢，因為我仍未有好消息可以相告。

夜深了，陪伴我的只有空洞的黑暗。

我翻身起來，打開牀頭櫃，拿出一個手掌大的民航機模型。

去年暑假，一位姨姨在我臨返澳洲前送我這件精細的小禮物。媽媽着我把它留在香港，但我卻偷偷把它包好，藏在行李箱，帶了來澳洲。

我輕握着民航機模型，模擬它在跑道滑行，起飛，直上雲霄。

在我五歲生日那天，媽媽接獲我那私立小學的取錄通知書，興奮莫名，馬上訂機票和酒店，帶我到印尼遊玩，以慶祝我的「成功」。

第一次到機場，隔着大玻璃窗，見到一隻又一隻巨型的「鐵鳥」停泊在停機坪，我彷彿魂魄被吸去了，整個人就貼在玻璃上，遙望着窗外不能觸碰的它們。

我有種極為強烈的感覺，有朝一日，我會觸碰這些鐵鳥。我會走進去，坐在最前最前的位置，操控它們的升降、飛行。遇上風暴雷雨，我會帶領它們安全過渡，讓信任我的乘客平安到達目的地。

那時只有五歲的我，已立下這個當飛機師的志願。

然而，在之後的幾年，我好像已丟下這個志願。我在功課和課本堆中掙扎求存，在本來該充滿歡笑的小學校園裏竭力要取得別人的認同和友誼，這些已耗盡了我的力氣，我亦沒有膽量向媽媽道出我心底的願望。因為，連我自己也沒有信

心能夠達成，又怎敢向人說出來呢？

小五後，我轉讀國際學校，在新環境裏，我逐漸尋回那迷失了很久的自信、自尊和自重。塵封已久的小小志願，破土而出了。

取得幾張算是可以令媽媽喜出望外的成績表之後，我的信心大增。我自行上網搜集資料，查探澳洲中學的收生要求。準備功夫做足了，便鼓起最大的勇氣跟媽媽說：

「媽媽，我想到澳洲讀書。我——想當飛機師。」

那時的我，早已在心裏擬定一篇「說辭」。如果媽媽說不，我會列出大堆原因來游說她。

然而，她什麼也沒有問，便說：「好啊！媽媽支持你！你想什麼時候去？」

媽媽為我安排好一切，我亦為着這個目標，付出最大的努力。

付出和結果，未必成正比。這句話，我聽過無數次，但要接受一點也不容易。

上學時的我，是一個普通不過的學生。偶爾會上課談話或跟同學開玩笑，做無聊至極的玩意。不過，一踏入機場，準備駕駛，我便搖身一變成為「Tommy the pilot」。

坐在駕駛艙裏，我會百分百專注，以最嚴肅、專業的態度完成整個飛行旅程。

天父，請你給我一個機會，讓我繼續學習，取得專業資格，成為駕駛民航機的「Tommy the pilot」！

八　我是幸運的一個吧？

我在矇矓中醒來，已是九時多了。

不用上課以後，作息時間都亂作一團。寄住家庭的Auntie Susan說我在上課的日子時太拚搏了，現在等待大學放榜，便天天讓我睡至自然醒。

今天是星期一，大學辦公日。

九時三十四分，辦公時間已開始了吧？

我深呼吸了幾下，開了手機，等待查看電郵。

明天，我便回港。行李，早已執拾好。高中三年所獲的獎項和證書，已放進手攜行李箱。

我，可會有好消息，帶給將會到機場來接我的媽媽呢？

咦，確有新郵件！

是南澳大學傳來的！

我心頭一震，呼吸也止住了。

我移動指頭，打開了郵件。

看了頭兩行文字，我渾身一軟，攤倒在牀上。

*　　*　　*

「喂，媽媽！」

那邊廂的她，聽到我的聲音，緊張起來。

「Tommy？是大學有消息了吧？」剛問完，她便馬上安慰我道：「沒關係的！就算不取錄，問問可否讀一年foundation再試入——」

「媽媽，南澳大學取錄了我！」我打斷她的話，宣布了這個好消息。電話裏的媽媽，像個三歲孩子般尖叫起來。「太好了！Tommy，太好了……」

是啊。

上天待我真的好。

努力和結果成正比。我是幸運的一個吧？

飛機師的路，我已站了在冠端。

我倚在窗邊，聽着媽媽在千里以外傳來的笑聲，和恭喜的話語，我不再打斷她了，只默默在心裏道：「媽媽，當我穿上機師制服，走進機艙作第一次的飛行，你一定是座上客之一。當我在廣播跟乘客打招呼的時候，我不會介意你驕傲地跟身旁的陌生乘客悄悄地道：『告訴你一個秘密，正在說話的機師就是我的兒子！』」

＊想知道更多關於Tommy的故事嗎？請看收錄於《成長路上系列4・衝破黑暗的「摘星」少年》中的〈十五歲的讀障飛機師〉。

故事源起

第一次寫Tommy是五年前，應小童群益會邀請，寫讀寫障礙學童的故事，其中一個主角便是Tommy。

第二次寫他，他已赴澳洲升學兩年，並在當地學習駕駛小型飛機，成績優異。

今次第三次寫他，是從他媽媽處得知，Tommy在十六歲短短一年內已考獲幾個飛行執照，而且他在彼邦是成績卓越的亞洲學生之一。剛滿十七歲的他，已被當地大學取錄，主修飛行，成功踏上擔當民航機師之路。

做一條飛龍

一 沒人肯做的工？

「喂，小朋友！難得來到樂園，還邊走邊玩遊戲機？抬頭望望周圍的景物吧！」

一身小丑打扮的阮子文，跟一個手持遊戲機，玩得非常「肉緊」的胖男孩道。

胖男孩對他的話聽而不聞，繼續埋頭苦戰，反而男孩的媽媽聽了，覺得有維護孩子的必要。

「我的兒子愛打機，有何問題呢？全香港的小孩子都愛打機啦，難道你叫他們全部把遊戲機丟掉，只望風景嗎？我們是買全年入場證的，喜歡的話，日日來玩都可以。一邊遊樂園，一邊打遊戲機，根本沒有不妥……」這婦人替兒子辯護完了，還要數落子文一頓：「你連正當職業都沒有，要在這兒做小丑，日曬雨淋，看來你以前是讀書不成，今天才淪落到要做些沒出色、沒有人肯做的工！」

像這樣的話，幾年來他聽過無數次。就算是親戚朋友，間中都會有這樣的評價。聽得多他已感到麻木，不再介懷。然而，要爸媽忍受這些冷嘲熱諷，則是最令他心痛的。

「小丑哥哥，你是否懂得扭氣球的？」

一個紮馬尾、約莫五歲大的小女孩，盯着他手上的氣球，問道。

「是呀！你想我替你扭些什麼呢？小狗？兔子？還是一朵花？」子文反問她。

「我想要一條飛龍！」

小女孩的要求令他有點驚訝，他從未扭過這樣複雜的造型，但，身為樂園唯一一個小丑兼氣球造型師，子文認為他有必要作新嘗試，以滿足樂園遊客的要求。

「好！我就給你扭一條飛龍。」

當小丑是自己的決定，既然家人都尊重自己的意願，我就更應該不斷尋求突破，挑戰自己，做個最出色的小丑。

「嘩！飛龍來啦！」子文把剛扭好的三色飛龍遞給小女孩，道：「帶着它去遊樂園吧！」

小女孩歡天喜地的離去，洋溢在子文心裏的是前所未有的滿足感。

二　給人製造歡樂

「各位同學，你們好！歡迎來參加我的小丑培訓班。我是你們的導師阮子文，你們可以叫我Man Sir。今天第一節課，讓我們先學習扭氣球——」子文的話被其中一個叫小超的學員打斷了。

「扭什麼氣球呀？低能！扭狗仔、貓仔，只能逗細路！為什麼你不教我們玩魔術或雜技？那些才是可以登大場面的玩意！」

「哼！可能這個阿Sir就只會扭波仔，其他什麼都不會。」另一學員不懷好意地道。

一眾人馬上接力，盡是說些負面說話。

子文深呼吸了一下，要自己保持鎮定。

當初決定來男童院義教，已料到學員會不合作，甚至故意出言頂撞。不過，他一心要把小丑的文化推廣開去，也要把快樂傳揚開去，所以，他毅然接受男童院的邀請，到來開設小丑培訓班，作為他推廣的起步點。

「你們想學魔術和雜技？沒問題！我是專業小丑，什麼都可以教。不過，我想先把自己最擅長的項目教授你們，而我最棒的一項就是扭氣球。」子文保持笑容，跟他們道。「你們可知道，小丑也有比賽的呢？」

「小丑比賽？比些什麼呀？鬥畫花臉嗎？哈哈哈！」小超吃吃地笑道。

子文耐着性子回應：「我最近曾經代表香港到美國，參加一個世界小丑錦標賽。來自世界各地的小丑雲集比賽場地，有黑人白人，由兒童到六十多歲的伯伯也有，我是歷年來第一位華人參賽者，我參加的項目就是扭氣球。」

「那又如何呢？你就是去過參加比賽罷了！我以前也參加過足球比賽，跟一些黑黑實實的印度人比賽，結果『輸到阿媽都唔認得』！」小超冷笑道：「你又怎樣呀，Man Sir？可有拿過什麼獎仔？」

子文不慌不忙從背包掏出一枚獎牌，遞到小超面前。小超瞇起眼睛看了看，面有難色道：「吓！全都是英文字，我怎會看得懂呀？」

「唉……文盲！不懂看就讓我看吧！」在他旁邊的阿強一手把獎牌搶過來，看了一眼，驚叫道：「嘩嘩嘩——Man Sir原來是世界冠軍呀！他是扭氣球的小丑王！」

「是嗎？」

一眾人聽了，蜂擁而上，不理是否看得明白，總之就是要爭看一眼。

「是喎！Champion！厲害厲害……」

大家都對這國際獎牌很感興趣，同時亦對子文這新導師燃起興趣。

「我不介意跟你們談我的過去。我來自基層家庭，爸媽都是做清潔的。我讀書成績一直都是中下，好不容易讀到中學畢業，便到傳藝中心學話劇，後來決定投身小丑行列。初時，我的工作少之又少，收入不穩，還要爸媽『倒貼』，更受盡親友的冷言冷語，極為難受。幸好，爸媽認為行行出狀元，多年來都支持我去做我喜歡的事。」

子文續道：「今天我可以成為世界冠軍，在主題公園的工作亦有不錯的收入。回望過去的十年，我經歷許多次人生的低潮，但我相信，小丑的專業是給人製造歡樂的，我的心若被不快佔據，又怎能夠製造快樂給旁人呢？所以，我要調整自己的心態，凡事要向好的方面去想，並為自己設定目標，要努力達至。」

一眾人都靜下來了。

「好了，我正式開始授課了。今天我就按照原定的課程編排，教你們扭氣球，好嗎？」子文問道。

今次，沒有人有異議。

三　第一次得到認同

「好了，到我們的壓軸表演了！」

男童院一年一度的天才表演，終於到了尾聲。司儀介紹最後一個表演項目，就是由子文教授的小丑培訓班學員擔綱演出的。

坐在觀眾席的子文，手心不停冒汗。就算是自己演出，他也沒有這樣緊張過。他的十五個徒弟出場了。

由花臉到服飾設計，都是由他們自己一手包辦，把合作扭出的氣球公仔及花草造型串連成一個有趣的求愛小故事，也是由他們自創的。

當初連子文自己也對他們的能力存有點點懷疑，但上了一節課後，疑慮就盡消了。

原來，只要燃點起他們的動力、興趣和信心，就算是讀書不成或曾經學壞過的一羣孩子，都可以有所作為。

表演結束了。

台下的觀眾都興奮得站起來拍手，如雷的掌聲持續了整整一分鐘。

謝幕後，子文走到後台化妝間，跟徒弟們逐一握手，恭賀演出成功。

「Man Sir，我們有禮物送給你，答謝你的教導之恩。」阿強從一個大膠袋裏掏出一條由五彩氣球扭成的飛龍，向子文雙手奉上。「這是我們十五個人花了整整一個星期扭出來的心血結晶，請你收下！」

「多謝！」

第一次收到徒弟的禮物，還要是一羣來自「五湖四海」的徒弟，子文的感動由心底發出。

剛走出化妝間，有人追上來，搭着子文的肩膀，匆匆道：「Man Sir，多謝你這幾個月來的教導。今天是我在十多年的人生中，第一次得到人家的認同！很開心啊！」

話說完了，他拍拍子文的背，轉身返回化妝間。

那是在第一課不停刁難他的小超。

原來，小小的付出，收穫是預計之外的多。

昨天收到協青社來電，希望他能義教一班低學歷青年扭氣球技藝。看來，他毋須多作考慮了。

有意義的事，就是該做的事，比任何比賽、工作都來得重要。

故事源起

八十後的吳浩賓，出身於中下層家庭，中五畢業後投身小丑行列，二〇一二年頭出戰世界小丑錦標賽，在扭氣球項目中擊敗百多名國際選手，成為首位華人「小丑王」。為推廣小丑文化，他計劃免費開班教低學歷青年當小丑和扭氣球的手藝，以助他們重拾自信、傳揚快樂。

《頭條日報》二〇一二年四月十七日港聞版

後記

君比

認識小菀子（李菀庭）一年多了，因為她是我大兒子的補習學生之一。

今年剛升上三年班的她，非常可愛漂亮，也很乖巧有禮。一次，她的媽媽帶她出席我的書迷聚會，之後，她成了我的粉絲和面書朋友，我常常在面書看到她的動態。課餘時間，她經常到不同的地方拍照，相片看來很是專業，後來才從兒子口中得知，她的相片經常刊登在雜誌，原來小菀子自四歲開始已是一位小小模特兒，懂得對着鏡頭擺姿勢和行catwalk。因為自小菀子兩三歲開始，親戚朋友已不斷讚她漂亮可愛，媽媽遂開始考慮為女兒鋪排小模特兒之路。初時也碰過釘子，給無良公司欺騙過金錢，之後學會多和同路人交換經驗，細心挑選信譽良好的小模特兒公司，讓女兒開始接拍真正的廣告。

今年年初，小菀子更在電視台試鏡成功，有機會拍攝節目，成為小演員，躍登電視熒幕呢！

美麗的小菀子，二年級情人節便已經收到男同學寫給她的情信！在信裏，同學真情流露的不停寫「我愛你」，我看到了，真的想問問這個多情的小男孩，對他來說，什麼是愛？

訪問了一個小小模特兒，我也想訪問一個小童星，恰巧小菀子媽媽認識一個，馬上給我介紹。

小童星宋朝陽（楊凱博Nono）在機緣巧合下，五歲拍了第一個廣告。楊媽媽並沒有刻意為他報讀什麼小演員或小模特兒訓練班，卻不斷有人介紹他到電視台試鏡，而他一次又一次的入選了。六歲開始在大台當「放學ICU」小主持，一直拍至節目結束，然後又參加「城寨英雄」劇組試鏡，結果又成功當上主角的童年，之後幾齣劇集，他也有份參與演出。

近年多了一個新電視台，Nono又多了一些演出的機會，認識了一班新朋友，還有機會出埠拍攝。

因為有多年的拍攝經驗，Nono的談吐成熟，彷如一個大人。這麼多年來拍劇或其他電視節目，他完全沒有扭計，每次都聽足導演指示和教導，用心去演繹每個角色，拍攝每個鏡頭。楊媽媽對他的要求也很嚴格，要他每次拍攝都要盡全力，盡量做到零NG，不要給劇組製造麻煩，阻人收工。

最有趣的是拍劇多年，Nono一直不知道他是有薪金的。一次和劇組同事談過這個話題，他才驚覺原來自己一直懵然不知，遂認真地問媽媽，他拍劇的薪金是否給媽媽全數收起。確定了後，他沒有再問關於薪金的問題了。他究竟賺取了多少錢，他自己也不知道，總之有媽媽作他的理財顧問，他便安心了。他是個純粹以演戲為樂趣的孩子，這亦是他可愛之處。

兩個小孩子和兩名媽媽向我真情剖白，道出自己的經驗和感受，讓我構思了小菀子和宋朝陽兩個角色。故事旨在讓大家了解小模特兒和小演員的生活，當中也加插了虛構情節，令兩個角色更立體，讓讀者看起來也更投入。

每件事情總會有得有失，小演員和小模特兒犧牲了一些玩樂和私人時間，但在難得的拍攝經驗中，鍛煉出服從和堅毅的精神，對個人成長有正面的影響。

書中故事主角的感言

楊凱博 Nono（宋朝陽）

〈我們的演藝夢〉

從小開始便有機會接觸到演藝世界，是很夢幻的事。機會和運氣一直眷顧着我，令我很幸運可以嘗試不同的角色和拍攝。廣告、小主持、電視劇等，每一次的拍攝過程，總令我學懂很多本來不是我年齡層可以學到和接觸到的東西。今次更能參與寫作，真是很難得的經驗！

君比，一個我多喜歡的神級偶像！可以與她見面，已使我非常開心，更莫說有幸與她合作！這種喜悅，是從前拍攝從來沒有過的，真是非筆墨所能形容！

雖然我只是小朋友，但君比她仍然約我見面聊天，就是希望了解我更多，從而寫出更真實、豐富和吸引的故事內容，真是一個我要學習的態度。

君比她真的很細心，她把每一樣我曾說過的，都沒有遺漏地寫在故事裏面，更巧妙地運用她的寫作技巧，令故事內容更豐富和更具劇情。

我真的從沒想過，我所說過的那些我覺得沉悶的訪問內容，經君比寫出後，可以演變成那麼峯迴路轉的小說！真令我更有閱讀的期望，對故事內容更加好奇。

故事裏，君比很真實地把我的個性寫出來，更令我驚訝的是，她把我潛沉在內心的大哥哥形象也給寫了出來，她是如何知道的？是從傾談中察覺到的嗎？太神奇了吧！他真的把「我」寫得很活靈活現，令我可以從閱讀中看到和了解到自己。

故事裏說得很對，有些更重要的事，就是和爸爸媽媽爭取時間相處。先別說爸媽了，現在就連我這個小朋友也忙到不得了，整天不是忙着拍攝、參加課外活動，就是溫書，真的很想可以有多些時間，讓我可以和爸爸媽媽簡簡單單地在家裏看電視、玩遊戲，或只是靜靜地坐着也很好。原來和他們一齊是那麼的開心和幸福，我一定會好好珍惜！

但，我沒有故事裏所說的那麼冷靜和勇敢。我真是一個很粗心大意的人，也很膽小。從前我更是很害羞，不覺得自己樣子好看，超級沒自信，口齒也不清！多謝「所有」曾經給予我機會和教導我的「你」，是你們令我有自信，令我有進步。

多謝君比今次給予的機會！希望大家喜歡這本書，多謝大家！

書中故事主角父親的感言

小菀子爸爸

〈我們的演藝夢〉

自小女呱呱落地以來，作為父親的我，從未對她有過什麼的期望，只希望她快樂健康的成長下去，無風無浪的經歷她的人生，而我和太太則在旁默默地守護着她。

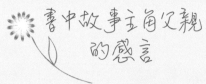

然而，世事總是意料之外，不知何時我們發現她的表演慾極強，完全和她內向的性格大相逕庭，為了鼓勵她，我們開始培養她這方面的興趣，並積極參加公開比賽及安排廣告和電視節目拍攝的面試。

幸運之神的眷顧，讓她得到幾個雜誌廣告和一個電視節目的取錄，從此開始她的銀色旅途。當每次留意到她全情投入拍攝工作，在鏡頭前不辭勞苦的重複綵排，不惜犧牲自己休息和玩樂的時間，我們知道為她找對了發展方向。

不但如此，我們發現她的性格也隨之而變得豁達開朗，並從演出工作中接觸到不同階層的人士，結交到不同年齡的朋友，認識到這個社會的現狀。

當然，在她這個年紀，努力讀書才是她應該做的，但童年已經能夠從事自己喜歡的工作，這個經驗絕對是不可多得的，而在當中的得益，更遠遠大於金錢本身。相信她長大後對父母的安排不會有異議。

無論女兒最後在這個銀色旅途上，能不能夠有所成就，希望她都可以看輕得失，畢竟目標是否達到，只是其次，而在過程中所得到的經驗才是最重要的。

君比・閱讀廊
成長路上系列⑥

我們的演藝夢

作　　者：君比
繪　　圖：步葵
策　　劃：甄艷慈
責任編輯：周詩韵
美術設計：李成宇　陳雅琳
出　　版：山邊出版社有限公司
香港英皇道499號北角工業大廈18樓
電話：（852）2138 7998
傳真：（852）2597 4003
網址：http://www.sunya.com.hk
電郵：marketing@sunya.com.hk
發　　行：香港聯合書刊物流有限公司
香港新界大埔汀麗路36號中華商務印刷大廈3字樓
電話：（852）2150 2100　傳真：（852）2407 3062
電郵：info@suplogistics.com.hk
印　　刷：中華商務彩色印刷有限公司
香港新界大埔汀麗路36號

二〇一七年十月初版
二〇一八年六月第二次印刷

ISBN: 978-962-923-453-9

18/F, North Point Industrial Building, 499 King's Road, Hong Kong
Published and printed in Hong Kong